ラルーナ文庫

獅子王は
熱砂の時空で愛を吠える

綺月 陣

JN103186

三交社

CONTENTS

Illustration

亜樹良のりかず

獅子王は熱砂の時空で愛を吠える

本作品はフィクションです。
実際の人物・団体・事件などにはいっさい関係ありません。

ＪＲ荻窪《おぎくぼ》駅、下り線のホーム中程で、浅戸慧《あさどけい》は電車を待っていた。

はぁ……と口から漏れたのは、溜め息《たいき》。

慧の前に立ち、スマホをいじっていた女子高生がチラッと肩越しに振り向いた……と思ったら、マフラーに顔を半分隠しながら一歩離れた。

なにか咎《とが》めているとでも誤解されたか。慧はとっさに左手で拳《こぶし》を作り、口元に押しつけ、息を吹きかけた。

きみに向かって溜め息をついたわけじゃなく、手が冷たいから暖めただけです……と弁明したい気持ちを抑え、態度で地味にアピールする。

すると今度は、露骨に眉《まゆ》を寄せられた。もしや、態度がわざとらしかった？　あざといとか、思われた？

ぐるぐると思考を巡らせたあげく、またしても慧は、はぁ……と疲労の息を漏らしてしまった。まずい、と思ったときには、女子高生は隣の列へ移動したあとだった。

自分勝手に深読みしては取りつくろい方を誤り、墓穴を掘る性格が嘆かわしい。

堂々巡りの結果、慧はポケットに入れたままの右手も外へ出し、顔の前で両手をこすり合わせた。

実際今日は、暦の上では大寒だ。一年で最も寒いと言われるこの日は、たとえ午後三時半でも冷えこみが厳しい。曇り空だから、とくに。

ほらね、こんなふうに——と言わんばかりに、一陣の風がホームを抜けた。

買ったばかりのスケッチパッドや絵の具などをパンパンに詰めた、ずっしり重いデイパックの肩ベルトを引っぱって背中に密着させ、風の通り抜けを阻止する。ついでにニットのスヌードで顔半分を覆った慧は、今度こそ両手をポケットに隠した。

カット代の節約で伸びた前髪が、風に煽《あお》られて視界を遮る。フェイクレザーのジャケットの下に重ねているパーカーのフードを被《かぶ》ろうかとも思ったが、ポケットに戻したばかりの手を再び冷気に晒《さら》す気にはなれない。

手を出さなかった理由は、寒いから……だけではない。ポケットの中のスマホを意識したくないからだ。正確には、意識しすぎているからだ。

荻窪美術専門学校デザイン科二年の同期・レナからラインが届いて、丸二日が過ぎた。

返事をすべく手帳タイプのスマホを開いては、ラインのアプリをタップしようと試みるのだが、結局は閉じてポケットに隠してしまう。二日前から同じ動作を延々と繰り返している自分に呆《あき》れるし、疲れるし、少しヘコむ。

いまも右ポケットの中で、スマホをつかんだままだ。既読になっているから、読んだことはレナに伝わっている。にもかかわらず、いまだに返信できない自分が鬱陶《うっとう》しくて……

溜め息を量産してしまう。

「長押しで、未読のまま読めばよかった……」

呟《つぶや》いてから、それは卑怯《ひきょう》だろ、と自分で自分を叱咤《しった》する声がどこかから聞こえてきて、ますます自分がイヤになる。

『あたし、これでも勇気を振り絞って告白したの。それなのに無視っていうか、教室でも避けられてるみたいで』

『そういうの一番キツいよ。無理なら無理、キライならキライって、はっきり言ってほしい』

『あたしは春になったら就職だし。いままでみたいに会えなくなるから、いましかないと思った。無視するほど迷惑だった？』

『こっちだって、どういう顔すればいいのか、わかんなくなるじゃん』

『お願い、ケイくん。返事して』

連続して届いた内容が、重い。普段レナと交わしていた『いまどこ』『なんか食べにいこ』などの短文とは熱量が違いすぎて、こっちこそ、どういう向き合い方をすればいいのか途方に暮れる。

レナのことは嫌いじゃない。それどころか可愛いと思っている。専門学校に入学した当初から。

慧が在籍する「デザイン科・イラストレーション専攻」の学生は、たった十人。授業初日で全員が友達になったほど、コンパクトなコースだ。

中でもバイト先が同じ武蔵境《むさしさかい》駅で、これまた同じ大型スーパー内だったレナは、入学初日から一緒にランチした仲だ。ちなみにレナは東館のテナントでスイーツのレジ、慧は西館で雑貨のレジを担当している。

話してみれば、レナも慧と同じ母子家庭育ちで、高校時代から奨学金の世話になっており、バイトは欠かせないという境遇も同じ。偶然を羅列しただけでも親近感を覚える。

それなのに、つきあえない。理由は……言えない。

「……って、一番傷つける言葉だよな」

ぼそぼそと呟いて、何度目かの溜め息をついたとき。

大きなランドセルを背負った半ズボンの制服姿……おそらく小学一年生……が三人、慧の隣に列を作った。

一番前の、線路側に立った男の子が斜めがけしているサブバッグはファスナーが開いたままで、濃紺の体操着がはみだしている。無理やり隙間《すきま》を作って押しこんだと思われる窮屈そうな上履きも、サブバッグから飛びだしそうだ。微笑《ほほえ》ましくて目尻《めじり》が下がる。

それにしても、小さな体で大荷物だ。慧のデイパックの比ではない。

ふと見れば、彼のサブバッグに新幹線のアップリケが貼《は》りついている。それも、三枚も。

電車好きかと想像するまでもなく、さっきから彼は熱心に、友達相手に電車の知識を披露している。パンタグラフにはこういう役目があって、車両に書かれているキハ何系という表記には意味があって……などなど、これは相当の電車マニアだ。

『まもなく三番線を、列車が通過いたします。危ないですから黄色い線までお下がりください……』

そういえば自分も、保育園時代は電車に夢中だった。電車だけじゃなく、車もだ。他にも船や飛行機……ありとあらゆる乗り物に興味を持った。多くの男児が通る道だ。

スーパーのレジの手前に並んでいた書籍コーナーで、初めて母に買ってもらった、小さな正方形の乗り物絵本。あれがきっかけで絵本が好きになり、絵を描くようになったのだ。

物心ついたときには慧の両親は離婚しており、母とふたり暮らしだった。

看護師の母はとにかく仕事が忙しく、当時勤務していた病院では頻繁にシフトが変わるため、電車で遠出も難しかった。当時の乗り物といえば、母の自転車のチャイルドシートか三輪車だけ。飛行機や船など夢のまた夢。……ちなみにマイカーは、わが家には存在しない。

駅の近くをとおるときは、必ず電車に手を振った。気づいてくれた電車内の乗客が、たまに手を振り返してくれるのが嬉《うれ》しくて、飛びあがって喜んだ。

上空を飛行機が飛んでいるときは、口を開けて仰ぎ見た。あの飛行機が向かう先は、お菓子の国？　おもちゃの国？　絵本がたくさん並ぶ国？　想像すると止まらなかった。

電車の絵本のページを開けば、頭の中で線路が伸びて、いろんな電車が走りだす。遮断機が下り、警笛が鳴り、カンカンと警報機が点滅し、山や空へ、慧はどんどん運ばれてゆく。船の絵本を開けば海へ、飛行機の絵本なら青空へ、心で自由に旅をする。外国だって何度も行った。中でもお気に入りは中東だ。母が言うには、アラビアン・ナイトの絵本を読んでからしばらくの間、玄関マットの上に立っては、「飛べ！」と命令していたらしい。

そう、魔法のじゅうたんだ。「世にも珍しい宝を持参した者が、姫と結婚できる」と言われた三人の王子が、あれこれ持ってくる話。じゅうたんに心を奪われすぎて、話の結末は忘れてしまったが、電車や飛行機より自由度が高いその架空の乗り物に、慧は一時期、夢中になった。

何度も繰り返し読んだ本は、真似《まね》て描いたり、話の続きを考えたり。そんなとき、母は必ず褒めてくれた。そして描きたいときにすぐ描けるよう、紙やクレヨン、色鉛筆などを手の届く場所に置いてくれた。いま考えても最高のサポートだ。

実際に車に乗れなくても、電車や船に乗らなくても、飛行機や絨毯《じゅうたん》で空を飛ばなくても、絵本を読んだり描いたりすれば、世界旅行の夢は叶《かな》った。

そして二十歳《はたち》現在、慧は美術の専門学校でイラストレーションを学び、三月には卒業を控える身だが……卒業制作提出期限まで残り二十日。絵コンテに時間をかけすぎて、やっと今夜から下絵に入る。結構ギリギリだが、完成した絵本を想像すると気持ちは弾む。

そう。じつは慧の夢は絵本作家だ。三カ月前にも、絵本新人賞に作品を投稿し、最終選考の上位十五名に残っている。応募するのは、今回が三度目になる。

一回目も二回目も入選。……最優秀賞、優秀賞、審査員賞、努力賞、佳作のあとに入選が十人。その中のひとりに、今回も食いこめたのはラッキーだ。たとえ入選枠の最下位だとしても、上から十五番目というポジションは期待が持てる……が、最優秀賞までの道のりは遠く、非常に険しい。万年入選の、入選止まりということもあり得る。

まぁ今回も望み薄だなと、応募しておきながら早々に諦《あきら》める。これも、慧の悪い癖だ。

そもそも受賞云々《うんぬん》より、創作の過程が好きなのだ。だから最下位でも気にしない……と自分に逃げ道を与え、ダメージを最小限に抑えようとするあたり、メンタルが弱すぎる。

それより就職活動すべきだったのでは？　という迷いや後ろめたさが、まだ少し残っているせいかもしれない。

でもバイト先の店長が、時給をアップするから卒業後も辞めないでくれと引き留めてくれるから……あと数年は夢への挑戦に専念したくて、就職を先延ばしにしてしまった。社会人になることから逃げているだけじゃない？　と突っこまれたら、返す言葉もない。

ただ、慧にとって創作は食事や睡眠に等しい。創作しないと体調が悪くなるほどには、生きていく上で必要だという自覚はある。

仕事に就いたら、果たして自分はどうなるのか。妄想するのが好きなくせに、電車通勤する自分の姿は、まったくといっていいほど想像できなかったのだ。

ありがたいことに、母は慧の創作を応援してくれている。もともと大学に行かせてやるつもりで貯金していたから、あと二年は好きなことをしなさいと、笑顔で背中を押してくれた。

『慧は高校のときからバイトして、身の回りのことも全部自分でしてくれるし、お母さんには支障も負担もないどころか助けられているくらいよ。……結果的に就活することになっても、絵の修業をしていたって返せばいいじゃない。そして、その成果をバーンと見せてやれば？』

そう笑い飛ばしてくれた母には、感謝しかない。

好きなものを好きだと語り、描きたいものを表現する。そこにはリアル世界のような建前はない。誰《だれ》の顔色を窺《うかが》うこともなく、反応を気にすることもなく自由だ。

俗物的な言い方をするなら、お金をかけずに世界旅行や宇宙の旅、タイムスリップまで可能にしてくれるのが創作だ。これから先の二年は、課題の提出に時間を費やすのではなく、この二年間で学んだことを、自分の未来のために繋《つな》げられたら……と思う。

いつかは絵本作家として、本を出せたら……と。

「もう来るよ、通過列車！」

小学生の声で、慧はハッと我に返った。

日向《ひなた》のように優しい妄想の世界から、一瞬にして大寒のホームに引き戻される。

脳内の気温差で、慧はブルッと身震いした。隣の小学生たちは半ズボンなのに。この寒さの中、至って元気で羨《うらや》ましい。

「通過列車って、貨物列車かな」

「違うよ、特急だよ」

ぼく知ってるよ、と声を弾ませたのは、例のサブバッグの男の子だ。

「この時間に通る特急は、東京発十五時十五分、甲府行きの……」

時間まで頭に入っているとは恐れ入る。まるで彼らの仲間になった気分で、楽しい会話に聞き耳を立てていたら。

ガガガガ……と荒々しい走行音とともに、通過列車が近づいてきた。

「特急かいじだよっ」

男の子が声を弾ませ、ほら！　と、勢いよく振り向いた瞬間。

遠心力で大きく回転したサブバッグから、上履きが放りだされた。

そこからは、なぜかスローモーションで記憶している。

飛んでしまった上履きをつかもうとして、男の子が宙を掻《か》いた。

サブバッグの重さに引っぱられ、男の子が大きく体勢を崩す。

身を乗りだしたのは、ホームの先。

いまにも特急かいじが通過しようとする線路へ、飛びこむような格好になった。


とっさに慧は、手を伸ばした。

ポケットから右手を出すと同時に、スマホを放り投げた気もするが……あまりよく覚えていない。

反射的にランドセルをつかみ、男の子を引き戻したのは覚えている。

あのマフラーの女子高生が両手を伸ばし、男の子をキャッチしようとする瞬間も、視界を掠《かす》めた。

だが、そのときにはもう――――。

慧自身の体が、線路に向かって落ちていった。

◆
◆
◆

「ぐふっ！」

叩《たた》きつけられた反動で、激痛が走った。

「ぐうぅっ」

頭の先から爪先《つまさき》まで、人生で一度も味わったことのない痛みに襲われ、慧は呻《うめ》いた。

「…………っ！」

息ができない。頭がガンガンする。喉《のど》の筋肉が締まっているのは、痛みで歯を食いしばりすぎているからだ。でも食いしばらなければ失神しそうなほど、体が痛くてたまらない。関節が外れたか、それともどこか骨折したか。おまけに目の前がチカチカする。目から火花が散るというのは、こういうことか。……と、学習している場合じゃない。

痛みに悶絶《もんぜつ》しながらも必死で息を吸うが、肺が膨らむと同時に筋肉や骨が悲鳴をあげ、次の呼吸を阻まれる。

だが、こうしてはいられない。一刻も早く逃げなければ、特急かいじに撥《は》ねられる！

「く……っ」

痛くて立てない。転がるしかない。でも、どっちへ？

ダメだ、目から火花が散って、上下も左右もわからない。耳を澄ませるが、砂嵐《すなあらし》のような音しかしない。髪や衣服が強風に煽られ、目も開けられない。

もはや視覚も聴覚も頼れないが、判断の遅れが生死を分ける。一か八かで動くしかない。

慧は両腕を突っ張らせ、跳ね起きた――はずだった。

「うわっ！」

突っ張らせたはずの両腕が、いとも容易《たやす》く地に埋もれる。次の瞬間にはもう、顔から地面に突っ伏していた。

「うぇ……っ」

口の中に入ったのは、細かくて砂のようなもの。それもフライパンで煎《い》ったかのように熱い。

慌てて吐きだし、目を瞬《しばたた》いて顔を起こせば、視界を覆うのはサンドベージュ一色。

見渡すかぎりの、砂、砂、砂。砂の世界が広がっている。それも無限に。

無限……は、言いすぎか。強風で煽られる砂の向こうに、空らしき青が見える。言い改めるなら、砂漠と青空だ。……ということは、色の分かれ目は地平線だろうか。あと、やたら巨大な太陽も。

線路に落ちたのだから、砂浜や砂丘のド真ん中に俯《うつぶ》せているわけがない。頭でも打って、もしや視力がイカレたか？

砂嵐が、やや収まった。この隙に逃げなければという焦りと、もうとっくに轢《ひ》かれていてもおかしくない奇妙なタイムラグと、そもそも駅はどこへ行った？　という疑問や不安が縦横無尽に交錯する。

せめてホームの場所だけでも……と懸命に両手を動かして周囲を探るが、コンクリートどころか、線路さえも発見できない。つかめるのは熱い砂だけ。

ふいにいま、人の声がした。駅員か、それともホームの乗客か？

だが頭痛と耳鳴りが酷《ひど》くて、電車が近づく音すら聞き分けられない……と思ったら。

「グゥワアァー」

――聞こえた。いきなり聴覚が戻った。

ひとつ、はっきりしたことがある。

特急かいじは、グゥワアァーとは鳴かない。

「……――か」

砂嵐もどきの耳鳴りが消えるのと入れ替わりに、音声が耳に届いた。

「立てるか？」

男性の声だ。太く、よく響く、力強い声。

その声を頼りに背後を振り仰ぎ、朧気《おぼろげ》なシルエットに目を凝らした刹那《せつな》、心臓がヒュッと縮んだ。

ライオンの鬣《たてがみ》が見えた気がしたから。

目を細めて確認すれば、なんのことはない。頭部を覆った布が風に靡《なび》いていたのだ。

太陽を背にした人物が近づいてきたかと思うと、慧の横に片膝《かたひざ》をつき、優しい手つきで仰向けにしてくれた。彼が陰になり、頭部の布で砂埃《すなぼこり》と熱風を遮ってくれるおかげで、少し呼吸が楽になる。

ということは、助かったのか？　轢かれずに済んだのか？

撥ねる直前で特急かいじが停車したのだとすれば、運転士のファインプレーだ。だが、あの速度で入ってきた特急を、どうやって停《と》めたのかは大きな謎《なぞ》。

背に腕を回され、上半身を抱き起こされて、慧は改めて彼を見た。

頭部を包む布で陰になっていても、彫りの深さがよくわかる。くっきりとした二重の瞳《ひとみ》は、慧の視力がイカレていなければ、虹彩《こうさい》がエメラルドグリーンと金のグラデーション、瞳孔《どうこう》は黒という珍しさだ。眉もはっきりと濃く、美しく、日本人らしからぬ高い鼻は、雄々しくて逞《たくま》しい。

「邪鬼かと疑い、様子を窺っていたのだが、人間か」

「じゃ……き？」

「この灼熱《しゃくねつ》の砂漠に於《お》いて全身を黒で覆っているのは、闇《やみ》の魔物の邪鬼だけだ」

話の内容が理解できない。線路に落ちたとき、頭を強打したのかもしれない。

「……パーカーは、グレー……、です」

「そうか。では、邪鬼ではないな」

深い声を発する豊かな唇が、ふっと笑った。優しい表情に鼓動が跳ねたが、愛想笑いを返す余裕はない。

それにしてもこの駅員、イケメンすぎる。おまけに日本人離れしすぎている……と思った自分を否定した。日本人離れどころか、そもそも彼は日本人じゃない。

彼が身につけているものにしても、駅員の制服ではない。これは……あれだ、中東の民族衣装だ。頭がフラフラしていても、それくらいわかる。なにせ、世界中の民族衣装を紹介するイラスト集の課題を、秋に提出したばかりだから。

彼の頭部を覆っているのは、金の布。この布の名称はクフィーヤ、もしくはシュマッグ。シュマッグを押さえる太い黒紐《くろひも》はイガール。ロング丈の詰め襟のような服はトーブ。どれもサウジアラビアの民族衣装だ。

……大丈夫、ちゃんと見えるし覚えている。視覚も脳も異常なしだ。

だが、サウジアラビアのトーブは白色が基本だと認識していた。もちろん多色の国もあるそうだが、漆黒のトーブの袖や襟に豪奢《ごうしゃ》な金糸が織りこまれているパターンは初めて見た。それも……荻窪駅で。

視覚情報が増えるに従い、困ったことに不安も増す。本当にここは荻窪駅か？　と。不安が顔に表れていたらしい。「大丈夫か？」と、男性が心配顔を近づけてきた。正視に耐え難いイケメンの、息が触れるほどの急接近に目が泳ぐ。

「大丈夫ではなさそうだな」

なにも答えないうちに結論づけられ、でも当たっているから素直に頷《うなず》いた。さっきから息をするたび熱風を吸いこみ、いまにも肺を火傷《やけど》するのではないかという恐怖に晒されている。

怪我《けが》による発熱にしては妙な感じだ。そもそも風が、温風をとおり越して熱風というのがおかしい。地熱も異様に高すぎる。

そういう意味では、スヌードにフェイクレザーのジャケットという防寒対策万全の服装が大丈夫じゃありません、と説明すればよかったかもしれない。あと、体が重くて自力では起きあがれそうにない。

そういえば大量の画材道具を背負ったままだった……と思いだしたら、男性が慧の肩からデイパックを外してくれた。滝のように流れる汗にも気づいてくれたようで、スヌードとジャケットも脱がせてくれる気配りと甲斐甲斐《かいがい》しさには感動する。

「飲むがよい」

深い声で囁《ささや》かれ、ワインボトルに似たガラスの瓶のコルク栓を抜き、そっと口元に差しだされた。

受け取ろうとして手を添えるが、指が震えて、うまく力が入らない。

すると彼が、そのボトルの水を口に含み、そして…………。

厚みのある豊かな唇を、慧の唇に密着させた。

「…………っ！」

突然のくちづけに、ピクンッと手足が突っ張った。

ジタバタ暴れる体を、逞しい腕でがっしりとホールドされ、さらに唇を押しつけられたのは、水を零《こぼ》さないためだろう。もちろん、そうに違いないのだが……。

「んん……っ」

口の中に水が溢《あふ》れ、反射的に喉が起伏する。ゴクリ……と飲み下す音が大袈裟《おおげさ》なほど体に響き、カーッと全身が熱くなった。

いったん離れた唇が、再び水分をたっぷり含み、先ほどと同じようにして、半ば強引に押しつけられた。

「う……っ」

彼の唇も、そこから注ぎこまれる水も、ひんやりしている。生きていた喜びを水と一緒に味わいつつも、水分補給される前より鼓動が乱れて目眩《めまい》がする。だって、口移しなんて……そもそも他人と唇を合わせる行為自体、生まれて初めてなのだから。

狼狽《うろた》えつつも、すみません……と謝る慧に、彼はどこまでも優しかった。

「なぜ謝る？　そなたは自分の身だけを案じていればよい」

そんなセリフで微笑まれても、どう返せばいいのやら。

傷ついているときだからこそ、よけいに人の優しさが染みるのかもしれないが、それを差し引いても、彼は慈愛のかたまりだ。

自分だったら、他人に口移しで水を飲ませるという大胆な行為は絶対にできない。口移しの直後に余裕で微笑みかけることも、ハードルが高すぎて真似できない。

決して多くはない経験と知識に基づき、一点だけ情報を追加するとしたら、この口調からして彼の身分は相当高い。……あれだ、そう、貴族だ。でも、どこの？

もっと飲むがよいと微笑まれ、またしても彼が水を口に含もうとしたが、それはさすがに辞退した。なぜ拒む？　と言わんばかりに眉を寄せられ、こちらのほうが困惑する。

黒く長いまつげで縁どられた彼の双眸《そうぼう》は、優しさの中にも厳しさと強さが見え隠れして、色気パワーが凄《すさ》まじい。まるで雄のフェロモンを凝縮させたような瞳だ。

弱冠二十歳の慧では経験値が低すぎて、真正面から受け止めるには度胸がいる。こう言っては失礼だが、彼の視線は猥褻物《わいせつぶつ》に等しいと思う。本人には聞かせられないが。

目を逸《そ》らしたら顎《あご》をつかまれ、心臓が口から飛び出しそうになったとき。

どういう理由でそうなったのか、ちゅっと唇を啄《ついば》まれた。

一回ではない。唇の先端を吸われた次の瞬間には、ペロリと唇の端を舐《な》められ、慧は一瞬、気絶した。心臓が口から飛びだしたらしい。辛うじて元の位置に戻ったが。

「いっ、いま、なっ、なな、な……っ」

「水滴がついていた」

なぁんだ、そうでしたか～と、納得して終わる行為ではない。驚きすぎて無駄に瞬《まばた》きを繰り返す慧に、彼が優しく目を細める。

「たとえ一滴でも、水は貴重だ」

理由を告げる彼の手元……ガラスのボトルに視線を落とせば、ちゃぷん……と切ない音が聞こえそうなほど少量の水が、光を弾《はじ》いて揺れている。

慧に与えたからだとすれば、大変な迷惑をかけてしまった。この暑さで飲み水が尽きれば命にかかわることくらい、慧でも容易に想像できる。

「すみ、ません……でした」

邪《よこしま》な妄想をしてしまった失礼も含め、掠れた声を絞りだして謝ると、彼が目を瞠《みは》った。

そして困ったように首を傾《かし》げ、なぜか笑みを嚙《か》み殺している。慧自身は混乱の最中にいるというのに彼は余裕綽々《よゆうしゃくしゃく》で、ちょっと解せない。

「申し遅れた。私の名はハイダル。そなたを蹴《け》ったのはナージー。私のラクダだ」

荻窪駅の駅員ですという無難な挨拶《あいさつ》を、この期に及んでまだ頭の片隅でイメージしていたため、ラクダが一体何者か、すぐには理解できなかった。

「らく、だ……？」

訊《き》き返すと、白っぽくて大きな動物の顔……丸みを帯びた大きな鼻先が、にゅっと頭上に現れてギョッとした。ブルル……と鼻を鳴らし、慧を見つめているのは……。

「本物の、動物の……ラクダ？」

半信半疑でラクダに訊くと、そうでございますとばかりに、ラクダが二回頷いた。慧の言葉がわかるのか、それとも単なる偶然か。

どちらにしても、映像や着ぐるみではない。ほんのり獣臭がするから、間違いなく本物のラクダだと思う。

慧を覗《のぞ》きこむ瞳は二重《ふたえ》瞼《まぶた》で大きく、長いまつげが密集している。砂埃から眼球をガードするためだと、イラストを描くときに学習した。もうひとつ特徴を挙げるなら、鼻の穴も自在に閉じる。こちらも砂埃を吸いこまないためだ。

それにしても実物のラクダは、写真で見るよりはるかに可愛《かわい》い顔をしている。顔全体を覆う体毛も細かくて愛らしく、まるで巨大なハムスター……とミニマムサイズに喩《たと》える時点で、自分の正気に自信がない。やはり頭を強打したか。

興味津々でラクダを眺めていたら、あまりにも緩めすぎた気持ちをムチ打つかのように、

唐突に激痛が蘇《よみがえ》った。

「い……っ」

体の左側を庇《かば》うようにして抱えこむと、彼……ハイダルが慧の左腿《ひだりもも》に手を当て、眉を寄せた。

「血が滲《にじ》んでいる。かなり痛むか？」

分厚いワークパンツの生地が裂けるほどの衝撃だ。だが初対面の相手を前に「痛いです」と泣き言を零すのは情けないから、歯を食いしばって耐えた。額の汗がこめかみを伝い、ポタポタ落ちる。

「そなたとナージーの衝突を避けられなかった私の罪だ。すまない」

状況が把握できないから、謝られても返答に困る。それに衝突したのはラクダではなく、特急かいじだ。叩きつけられたのは灼熱の砂漠ではなく、真冬の線路のはず……なのだが。

現情報を集約するなら、ここは真冬の荻窪駅ではない。

慧の、決して多くはない約二十年の経験と知識で結論づければ、中東のどこかの国の砂漠の真ん中――――と、断定していいと思う。

もしくは鳥取砂丘あたりで、アラビアン・ナイト風の映画でも撮影しているのか。

それならハイダルの日本語が流暢《りゅうちょう》な理由にも納得がいく。日本在住歴の長いアラブ人というわけだ。たぶんそうだ。

……と無理に結論づけようとしたが、だったら撮影機材はどこだ？　監督は？　スタッフは？　と湯水のように疑問噴出。ハイダルとナージー以外に誰の姿も見えないし、ヘリやドローンも飛んでいないから、映画のロケの可能性は低い。

そもそも鳥取砂丘は、鳥取にあるから鳥取砂丘なのだ。荻窪に砂場はあるかもしれないが、砂丘はない。

そういえば、立川駅からふたつ先の立飛《たちひ》駅にタチヒビーチという名称の砂浜が造られたという話だが、立飛まで飛ばされるはずがない。……これ以上考えると、本当に頭がおかしくなる。

どう考えても辻褄《つじつま》が合わず、再び混乱の渦に飲まれ、痛みの海にズブズブ沈む。また耳鳴りが舞い戻る。戻ってこなくていいのに。

頭が締めつけられるように痛い。体の痛みにも襲われ、そのうえ熱風で呼吸ができない。

「この砂漠は……そなたが生きた世界との中継地点だ。ここにいては、転生直前にそなたの身に起きた事象の影響が及び続け、永遠に苦しむことになる」

不思議なことを呟いて、ハイダルが慧の膝裏に肘《ひじ》をかけ、抱きあげた。

だが持ちあげられただけで背中や腰にも激痛が走り、激しい痙攣《けいれん》に見舞われた。全身から脂汗が噴きだす。痛みが徐々に激しくなり、骨がミシミシと音を立てる。

「ぐ……ぅっ」

耐えなさいとハイダルに叱責《しっせき》され、歯を食いしばった。頼れる人はハイダルだけ。とにかく彼に従うほかない。

「一刻も早く城へ向かおう」

「し、ろ……？」

「そうだ。私の城へ連れていく。ここから離れて領内に入れば、痛みは和らぐ」

体を硬直させる慧を、ハイダルは逞しい腕でしっかりとホールドしてくれた。見知らぬ人の腕なのに、とてつもない安心感だ。

「ナージーの背は少々揺れるが、領内へ移動するまでの辛抱だ。痛みで命が果てる前に急ごう。……そなた、名はなんという？」

「……ケイ」

ファーストネームを口にするだけで精一杯。痛みで命が果てる前に……とハイダルは言ったが、それは決して大袈裟ではない。

舞い戻ってきた痛みは、尋常じゃなかった。手足がバラバラになりそうだ。たったいま特急かいじに激突したかと思うほどに。

これからラクダに揺られて城まで……百歩譲って現在地が鳥取砂丘だとして、ここから鳥取城まで、どれくらい距離があるのだろう。

ラクダに乗ったことはないが、同じ側の足を同時に出す「側対歩」で歩く生き物だから、左右に大きく揺れるはずだ。瀕死《ひんし》の体でも耐えられる程度の振り幅であることを祈るしかない。

ナージーが身を低くする。ふたつあるコブの谷間へ乗せられる際、腿がナージーの胴に触れただけで、飛びあがらんばかりの激痛が走った。目から火花どころか、星がチカチカと瞬きはじめ、気絶と正気の境目で吐きそうになった。

グワァーと、ナージーが切なげな声をあげる。ごめんなさいと謝られたような気がして、ナージーのせいじゃないよ……と意識を振り絞ってコブを撫《な》でた。……実際には、コブに寄りかかっただけかもしれないが。

とにかくもう、顔を起こせない。腕も上がらない。瞼が重い。砂漠に意識が吸い取られる。精気も……魂も。

うしろに跨《また》がったハイダルが慧の体にシュマッグを巻きつけ、ハイダルの体と結びつけ、固定してくれた。おそらくシートベルト代わりだ。ありがたい。ナージーから落ちる自信しかなかったから。

「ケイ。私の声が聞こえるか？」

ハイダルが呼びかけている。だけど返事は……無理だ。

ナージーが駆けている。ものすごい速さだ。ラクダって、もっとおっとりした生き物かと思っていたが……全然違った。

振動で骨がバラバラになりそうだ。息を吸うのも重労働で、声帯を震わせる力も尽きた。

「ケイ、気をしっかり持ちなさい、ケイ……――」

ハイダルの声が、遠くなる。

どんどん、どんどん、遠ざかる。

◆◆◆

目覚めと同時に、身構えた。

見開いた目を薄目に戻し、眼球だけをゆっくり左右に動かして、あたりを慎重にリサーチする。

幼少から日常的に創作を楽しみ、妄想を膨らませることを得意とする浅戸慧でも、この展開は予想外で、想像力が追いつかない。

ここは、どこだ？

どこなのかというよりも、現実か？　と問うべきだろう。だが、夢を見ていると思えば納得だ。それも、エキゾチックかつロマンティックな白昼夢を。

ちなみに白昼夢とは、起きながらにして視《み》る日中の夢のことで、実際に映像として体験している感覚に陥ったりするのだとか。現実と非現実の境が曖昧《あいまい》な状態というわけで、いまの心境にぴったりだ。

第一の非現実は、天井の高さだ。高飛びの選手がジャンプしても絶対届かない高さにある真っ白な天井には、カットガラスをふんだんに使った豪華なシャンデリアがぶら下がっている。

そして、そのシャンデリアを囲むようにして張り巡らされているのは、これまた精緻《せいち》な技術で錬金されたと思《おぼ》しき、曲線の美しい金具だ。

第二の非現実は、その金具から四方に広がる、豊かなレースのカーテン……ではなく天《てん》蓋《がい》か。陽に透けて光り、優しい風にそよいでいる。

その天蓋越しに、軽く三メートルを超えると思われる大きなアーチ状の窓が、右手側に三つ見える。そこから差しこむ陽の光を無数のカットガラスが弾き、天蓋や白亜の壁に投影している。

優しい光の粒が真っ白な部屋の中でふわふわと優雅に躍るさまは、光のワルツを見ているかのようだ。ちなみに左手側にはアーチ型のドアが、確認できるだけでも三カ所ある。

第三の非現実は、慧が寝ている巨大なベッドだ。そもそもサイズが非常識。両手を伸ばしても端には届かないだろう。大人四人が余裕で並んで寝られそうだ。

そのうえ寝具は軽く、涼しい。室温が高めだからか、ひんやりとしたタオルケット……よりもっと薄い一枚布は、最高の肌触りだ。頬《ほお》に触れる枕《まくら》カバーも、背や腰を包むシーツもサラサラしていながら、触れるたびに肌が潤い、肌理《きめ》が整うかのような極上品だ。

かなり高級なシルクだろうとの察しはつくが、シルク自体、さほど触れたことがないから断定はできない。ただ、気持ちよすぎて永久にゴロゴロしていたくなる……と寝返りを打ちかけてハッとした。

夢にしては、リアルだ。なにがって……いろいろ。

もしや、ここは病院か？　でも病院の寝具にしては高級すぎる……と湧《わ》いた疑問を静かに飲みこむ。問題は、そこじゃない。……そこも結構な問題だが。

とにかく、夢で片づけるにしては妙だ。頬を撫でる風も。窓から入りこむ爽《さわ》やかな花の香りも。日を反射して瞬くガラスも。そしてなにより、この寝具の肌触りが。

慧は薄布の下で、自分の胸に触れた。その手をゆっくりと下へ移動させ、ヘソを確認し、心臓をバクバクさせながら腰に触れた直後、ザーッと血の気が引いた。

なんと、穿《は》いていない。

ただし、左太腿に包帯らしきものは巻かれている。誰かに手当てされたようだが、意識を失っている間の変化に「他人の痕跡《こんせき》」を発見し、カーッと顔が熱くなる。

見知らぬ場所のおとぎ話のような巨大ベッドで、知らないうちに裸にされ、手当てされ、パンツも穿かずに爆睡していた無防備さが恐ろしい。

ここは本当に病院か？　それともリゾートホテル？　手がかりを求め、陽の射す窓へ顔を向ければ。

「……ニャア」

ニャア、と鳴かれた。

発声地点に目を凝らせば、細く開いた天蓋の隙間の向こう側に、ラタンの大きな背もたれがついた、立派な肘掛けイス発見。

ベッドで横たわる慧を監視するかのような位置に置かれたそこでは、黄色いシュマッグと赤いトーブに身を包んだ四歳くらいの男の子がちょこんと座り、熟睡している。シュマッグから覗くのは、柔らかそうな癖毛の金髪とピンクの頬。図らずも、第四の非現実に遭遇だ。

その金髪の男の子の膝の上には、濃いグレーの虎《とら》模様の猫が、置物のように鎮座している。お座りをしたその姿は、男の子の座高よりやや高めで、猫にしてはビッグサイズだ。太っているとかではなく、そういうサイズの生き物のようだ。

その猫が、大きな目をさらに見開き、ジーッとこちらを観察している。ちなみに男の子は気持ちよさげに眠っているから、ニャアと鳴いたのは、この猫で間違いない。

見つめ返すと、猫のほうも顔を前へ突きだし、前脚を揃《そろ》えて踏ん張り、ますます慧を注視する。

眉間《みけん》から頭頂部にかけて、黒い毛が十文字に生えている。完全にキャラとして立っているその外見に感動する。黒毛混じりの長い尻尾《しっぽ》が、ゆぅらゆぅらとS字を描いて揺れるのは警戒か、獲物に飛びかかる前兆か。

見合って、見合って、見つめ合って……猫が耳を動かした刹那、長い毛が陽を反射して浮かびあがった。この特徴のある長毛は、まさか、カラカル？

例の民族衣装の課題の際に得た知識だが、カラカルは、中東の乾燥地に棲《す》む猫科の動物だ。日本猫と似た風貌《ふうぼう》に親しみが湧くが、比較すれば顔つきは凛々《りり》しく、牙《きば》も爪《つめ》も鋭い。一般的な猫と比較して耳が大きく、縦にも長い。最大の特徴は、その尖《とが》った先端から生えた房状の長毛だ。

ふいにカラカルが身構え、天蓋の隙間に狙《ねら》いを定めて飛びかかった。

その柔軟で美しいジャンプに見惚《みと》れ、慧は目を閉じるのも忘れていた。

慧の顔の前に、カラカルがストッと着地する。文字どおり、まさに目の前。距離にして眼球から数センチ！

慧は目を剝《む》いたままゴクリと息を呑《の》んだ。肝が冷えるとは、このことだ。この鋭い爪が目に刺さっていたら、失明は免れなかった。

森の中で熊に遭遇したときのように……したことはないが、慧は息を止め、気づかれないようそっと目を閉じ、死んだふりをした。と、カラカルが顔を寄せ、フンフンと匂《にお》いを嗅《か》いでいる。慧の生死を確かめているのだろうか。

と、ふいに頬がヒヤッとした。薄目を開けて確かめてみれば、なんと、前脚で頬をプッシュされている。

ぎゅーっと押しては離し、押しては離し。それを何度か繰り返したのち、右だけではなく左の前脚も、慧の額に押しつけてきた。

ついには慧に乗り上がるようにして、むにむにむに……と肉球で、顔面をマッサージしはじめる。

「…………っ」

ヤバい。やることが可愛すぎる！　まさかの踏み踏みマッサージに噴きだしそうだ。

ただ、毛はくすぐったいが爪は痛い。仕草はコミカルで可愛らしいが、この鋭い爪がニュッと伸びたら流血沙汰《ざた》……という恐怖と背中合わせのため、顔の筋肉は解《ほぐ》れても、緊張の糸は解れそうにない。

慧は爪を警戒しつつも、無心に踏み踏みし続けるカラカルの、その美しい目を盗み見た。横から入りこむ陽の光で金に見えたり、紫だったり、青みがかったり。この世のものとは思えないほど美しい。

その輝きに魅入られて、知らないうちに両目を開いていた——らしい。

パチッと音がしたかと思うほど、カラカルとしっかり目が合った。

肉球マッサージがピタリと止まる。そして、慧を見つめたまま、そろり……と右前脚を浮かせ、下ろし、今度は左前脚を持ちあげて降り、ゆっくり、ゆっくり、後退する。

せっかくのスキンシップだったのに、去られてしまうのは忍びない。カラカルを極力驚かせないよう、「やあ」と声をかけてみたのだが。

「ギニャーッ！」

カラカルが総毛立ち、素早くバックジャンプした！

勢い余ってベッドから落ちる……ことはない。さすがは猫科だ。体をバネのように使ってベッドの端を蹴り、天蓋に耳を掠めながらも、眠る男の子の膝の上にストッと着地した。

カラカルが男の子を揺り起こす。さっき慧にしたのと同じように、左右の前脚で頬を踏み踏み……というより、これはアレだ、ネコパンチだ。

もしや、さっきの踏み踏みは、慧を起こそうとしていたのか？　そしておそらく、予期せぬタイミングで声をかけたから、ビックリしたのかもしれない。

「いたいでしゅよ、ジャファルぅ〜」

ピンク色の頬を膨らませ、「もぉ〜」と男の子が唇を尖らせる。

まだネコパンチを続行するカラカル……ジャファルの攻撃を避けつつ、ジャファルを逆向きに返して両腕で抱えこみ、頭頂部に顎を載せ、あくびをひとつ。その直後、「あ」の形に口を開いたままピタッと動きを止めたのは、慧の視線に気づいたからだ。

男の子も驚いた顔をしているが、慧も相当驚いた。

なぜなら、男の子の目が赤かったから。

泣き腫《は》らしたとか結膜炎とか、そういう類《たぐい》の赤ではない。日本人でいうところの黒目部分……瞳孔や、その周囲の虹彩がルビーのように赤く光っているのだ。

こんな瞳の色の人種が存在するとは、知らなかった。

「えっと、こんにちは。それとも、ハロー？」

「………」

「どっちも通じない？　あ、でもさっき、日本語をしゃべったよね？」

話しかけると、男の子はルビー色の瞳をぱちぱちと瞬き、ぴょんっと床に飛び降りた。

同時にジャファルが男の子の腕からジャンプし、ベッドへ飛び移る。そうかと思えばまたひと蹴りして、一瞬で視界の外へ駆け抜けた。要するに、速すぎて見失った。

「おーじたまーっ！」

突然、男の子が大声を発した。

天蓋に抱きつくようにして、とことこ歩いて引き開け、んしょ、んしょ、と言いながら背伸びし、ベッドの四方の柱にタッセルで留めた。そしてドアの外へ向かって、再び元気に呼びかける。

「たまちいが、おっき、ちまちたよーっ！　おーじたまー。ハイダルおーじたまぁ〜っ」

舌っ足らずのハイトーンに頬が緩むが、ちょっと待て、と、ここは冷静に思考した。

「いま、ハイダル王子……って、言った？」

首を捻《ひね》って訊くと、男の子が振り向いた。言葉が通じるかどうかも含め、もう一度訊く。

「ってことは、ハイダルさんは、王子様？」

「そうでしゅ。おーじたまは、このくにの……」

「また間違えていますよ、ミシュアル」

ふいに、澄んだ声が割って入った。

今度は何者の登場だ……と鼓動を乱しながら、声が聞こえてきた手前のドアへ首を回すと、銀色の長髪を靡かせた美青年が、涼やかな笑みを浮かべて立っていた。

涼風が擬人化したかのような佇《たたず》まいに、目が奪われる。ハリウッドの冒険ファンタジー映画に、こんな雰囲気の弓矢の名手がいたよな……と記憶を遡《さかのぼ》り、もしや自分は映画の中に入りこんだのか？　と疑念を抱いた。そんな慧に微笑みかけ、いまさら彼がドアをノックする。

「失礼。順番を間違えました。声をかける前にノックするのが、人の世の礼儀ですね」

そう言って笑う口元にまで、清潔感と透明感が溢れている。

「ラーミーとお呼びください。王の命《めい》により、ケイさんのお怪我が治るまで、お世話をさせていただきます」

「……世話、ですか？」

「はい。不自由があれば、なんなりとおっしゃってください」

「あ……、はい。ありがとうございい、ます……」

足首まで隠れる浅葱《あさぎ》色のトーブの足元では、さっき目で追い損ねたジャファルが、体をこすりつけて甘えている。ずいぶん懐いているようだ。彼はもしやジャファルの飼い主だろうか。ますますファンタジー映画の線が濃厚だ。

夢見心地の慧のうしろでは、赤い瞳の男の子……ミシュアルが拗《す》ねている。

「だって、ラーミー」

「だってじゃありません。何度言ったらわかるのですか、ミシュアル。アムジャド王が逝去されて、もう半年も経つのですよ？　アムジャド王亡きあと、いまやハイダル様がこの国の王です。ハイダル王、もしくは王様とお呼びなさい」

「いまラーミーも、ハイダルたまっていったでしゅ！」

「……私はいいのです」

「ラーミー、じゅるいでしゅ！」

「いいえ、ずるくありません。……ケイさんは怪我をされているのですよ。お静かに」

「しじゅかにしたら、ミルクプリンちゅくってくれましゅ？」

「……ずるくないですか？　ミシュアル」

ふたりの会話に、慧は思わず噴きだしかけた。

見たところラーミーは慧より五、六歳ほど年上だ。ミシュアルとはどういう関係なのだろう。兄弟？　……にしては歳《とし》が離れている。親子？　……にしては似ていない。

滑るような足取りで、ラーミーがベッドへ近づいてきた。アーチの窓から差しこむ光で、その目の色が明るいブルーだと知った。浅葱色のトーブと同じだ。その白い額に光るVの字に垂れた髪飾りのトップは、紫色。アメジストだろうか。

窓からドアへ、そよ風が抜ける。天蓋が優しく波打つと同時に、ラーミーの銀髪も背で揺れる。外したシュマッグをイスに置き、ラーミーに駆けよって足元のジャファルを抱きあげるミシュアルもまた、綿毛のような金髪が眩《まぶ》しい。

眩しいのは、彼らの髪や瞳だけではない。その服装も華やかだ。たしか砂漠で会ったハイダルも、漆黒に金糸が織りこまれた豪華なトーブに身を包んでいた。これだけ多色な民族衣装が中東で愛用されているとは知らなかった。……と、勝手に中東と決めつける前に。

「和んでいる場合じゃなかった」

そもそも、ここは中東……中でもアラブに絞って正解なのか？

でもアラブの建物は、ここまで開放的ではないはずだ。太陽光を遮るためと、砂漠の砂の浸入を防ぐために、窓は高い位置に、極力小さめに作られているのが一般的なはずだから。

「アラブなようで、アラブじゃない……？」

もしかして、あれか？　やっぱり自分は特急かいじに撥ねられて、その瞬間にタイムスリップしたのだろうか。時空の歪《ゆが》みに入りこんで異世界へ飛ばされたとか、そういうSF的な流れかもしれない。

「……まさかな」

納得できる回答になかなか辿《たど》りつけない慧をよそに、ラーミーがサイドテーブルにトレイを置いた。載っているのは、青空色のガラスの吸い飲み。

条件反射で喉がゴクリと起伏すると同時に、砂漠で口元に差しだされたガラスのボトルを思いだし、熱砂に吹かれながら抱き起こしてくれたハイダル王の雄々しさや……重なった唇の柔らかさまでがリアルに蘇り、挙動不審なほど目が泳いだ。

そういえば、あのあと自分はどういう順序を辿って、ここへ到着したのだろう。

ハイダルに抱きあげられ、ナージーという名のラクダの背に乗せられたところまでは覚えている。痛みと熱さで気を失い、そして、目覚めたらベッドの中で……。

あれ？　と慧は額に手を当てた。胸や腕、腰にも手を当て、包帯の巻かれた太腿にも手を当てるが……。

そういえば全身の痛みや熱、頭痛や耳鳴りはどこへ行った？　汗でへばりついた砂はどうした？　拭《ぬぐ》いきれない冷や汗は？　と、記憶をバタバタ取りだしたとき。

「――ハイダル王が、いらっしゃいました」

ふいにラーミーが言った。そして、その場で膝を少し曲げ、頭《こうべ》を垂れる。ラーミーに駆けよって横に並んだミシュアルも、可愛らしい仕草でドアに向かって会釈する。

人間たちを無視してダッシュしたのは、ジャファルだ。飛びつくジャファルを軽々と片手でキャッチし、「目覚めたか」と慧に微笑みかける美形が、ほんの一瞬、雄々しいライオンの姿と重なった。

慧は手の甲で目をこすり、もう一度しっかり目を見開き、いまそこに立っている男性が、砂漠で慧を助けてくれたハイダルに間違いないと確信した。

「ハイダル……王」

王だなんて、そんなおとぎ話みたいなこと……と笑い飛ばしたい気持ちはあっても、実際にハイダルを前にすれば、彼ほど「王」の称号がふさわしい人はいないと、全力で納得してしまう。

この威厳と存在感は、常人ではあり得ない。物語を紡ぐために、たくさんの人を観察してきたから……というわけではないが、人としての厚みや品格のようなものに対しては敏感だと自負している。

ベッドから下りて頭を下げるべきかと迷ったが、全裸では却《かえ》って失礼だ。どうしよう……と迷った慧は、とにかく肌を隠さなければと、シーツを肩まで引っぱりあげて体を覆った。

緊張で心臓がバクバクする。ジャファルを抱いた立ち姿が、あまりにも……そう、あまりにもエキゾチックで、凛々しくて、頼もしくて、かっこよくて、非の打ちどころがなさすぎて、見れば見るほど現実とは思えない。

ハイダルがシュマッグを靡かせてやってきた。同時に、室内の空気の色が変化したのを、慧は敏感に察した。

ラーミーが現れたときも、そよ風に涼風が折り重なるイメージが見えたが、ハイダルはさらに空間を清浄にし、悪い気を追い払い、命を与える強いエネルギーを放射している。いわゆる「オーラ」だ。

ここまで眩しく感じる理由は、彼が砂漠で見た漆黒のトーブではなく、これぞアラブと誰もが頷く純白のトーブに身を包んでいることにも関係する。ただし頭を覆うシュマッグは白ではなく、鮮やかなオレンジ色だ。肩から垂らした幾何学模様の美しい織りのストールも、彫りの深い顔立ちによく映える。

そのコーディネートや表情、仕草や立ち居振る舞いなど、彼を取りまくすべての事象が清潔で、高貴で、まるで人の姿を借りた太陽のようで、感動のあまり吐息が震えた。

砂漠で感じた荒々しい雰囲気が、いまは息を潜めている。もしかして場所の影響だろうか。

なぜならハイダルは、砂漠で慧にこう言った。『この砂漠は、そなたが生きた世界との中継地点だ。ここにいては転生直前にそなたの身に起きた事象の影響が及び続け、永遠に苦しむことになる』――――と。

ここから離れて領内に入れば、痛みは和らぐとも言った。ということは、ここはその領内なのだろう。ハイダルの言う「安全な場所」だ。

言っていることの半分以上は意味不明だが、ここが安全だというのは、目覚めたときから実感していた。あの砂漠の、熱と痛みで死と隣り合わせだった恐怖はまったくない。

慧が胸を高鳴らせている間に、ハイダルはベッドの足元を横切って窓側へ進み、ラーミーとミシュアルの前に立った。

「王子で構わぬ、ミシュアル。まだまだ私は王の器ではない」

「そんなちゅもりで、もうしあげたのでは……ないでしゅ」

「わかっている。心配するな。私の言い方が悪かったな」

ミシュアルのふわふわの金髪に、ハイダル王がそっと大きな手を置いた。そしてイスの上に放置されていたミシュアルのシュマッグを手に取ると、優しい手つきで金髪を梳《す》き、シュマッグで覆い、イガールを嵌《は》めた。

「ありがとうごじゃいましゅ、ハイダルおーじ……、えっと、ハイダルたま」

「どういたしまして、ミシュアル」

ミシュアルがハイダルを見あげ、頬を染める。その、嬉しそうで誇らしげな表情は、見ているこちらまで幸せになるほどだ。

いい人だと思う、確かに。……唇を重ねたから言うわけではない。その仕草や表情に人柄が現れていると素直に感じる。

絵を描く人間としては、長い指の形状にも見惚れてしまう。とくに手の甲の骨格は見事で、デッサン欲に駆られる。

大きな宝石が埋めこまれた指輪や、太めのバングルも似合っている。そしてなにより、仕草や声が悠々としている。ゆったりして、大らかで、神経質なところが少しもない。

空気の糸を編むような優美な手の動きに魅入られながら、いつしか慧は無意識に、ハイダルの横顔を目でデッサンしていた。耳に緑色のピアス発見……と喜んでいたら、ふいにハイダルがこちらを見た。慌てて逃がした視線の先には。

「……えっ」

ラクダが一頭。……いや、二頭だ。ミニサイズが、同じ格好でこちらを見ている。

いつからそこにいたのだろう。大きなラクダと小さなラクダが、ベッドの足元に、ちょこんと顎を載せている。

大きいほうのラクダは見覚えがある。といっても、ラクダの顔を見分けられるはずもなく、「いるとすれば、あのラクダ」という目星に過ぎない。

「もしかして、ナージー？」

呼びかけると、長いまつげを震わせたラクダが、「グゥワ……」と切ない声を発した。

つぶらな瞳が潤んでいるのは、慧を心配しているから？

反応が人間っぽくて、親しみが湧く。ナージーの頭を撫でたいが……手を伸ばしても届かない。このベッドは幅も広いが、縦にも少々長すぎる。

と、ナージーがゆっくり身を起こし、四本脚で立ちあがった。ラクダってこんなに大きかったのか……と驚いて見あげる慧の右側へ回りこみ、長い首をにゅーっと伸ばし、穏やかな顔を近づけてくる。

笑っているような表情につられ、慧も笑った。大きな鼻先へ手を伸ばし、触れた瞬間、愛《いと》しさがこみあげた。

「俺をここへ運んでくれたのは、きみだね？　ナージー。ありがとう」

茶色い大きな鼻を撫でると、ナージーがもう一度「グゥワァ～」と鳴き、隣のミニラクダも「キュルワ～」と真似た。姿だけでなく反応もそっくりだから、きっと親子だ。

親子という発想に、母の顔が脳裡《のうり》を過《よ》ぎる。ここへ来て、どれだけ時間が経ったのか知らないが、きっと心配している。そういえばスマホはどうしたっけ……と記憶を遡ろうとしたとき。

「本当にすまなかった」

いきなり慧に謝ったのは、ナージー……ではなく、ハイダルだ。

ハイダルがナージーの首を優しく撫で、ベッドの端に腰を下ろす。そして上体を慧へと傾け、そっと右手を差し伸べてきた。

これは、握手を求められているのだろうか。いや、違う。掌《てのひら》が上を向いているから、「踊りませんか?」のお誘いだ。……たぶんハズレだ。

無反応も失礼だと思い、差しだされた手に右手を置いてみたら、指を丸く巻きこむようにして握られ……ときめいた。

「そなたの衣服を脱がせて身を清める際、念のため隅々まで子細に確認したのだが、怪我は左の太腿だけだった。外側に、蹄《ひづめ》のあとが残っている。そなたの太腿を傷つけたのは間違いなくナージーだ。すまぬ」

そう言いながら右手を引かれ、なんだ?　と思ったときにはもう、指の付け根に唇を押しつけられていた。

「うわわっ」

ボンッと口から飛びだしかけた心臓を、慧は慌てて飲みこんだ。

冷静になろうと努めるが、一気に加速した鼓動を鎮めるのは至難の業だ。おまけにハイダルの唇が触れた場所は、心臓が移動したかと思うほど大きく脈打ち、コントロール不能。

この右手が、まさか謝罪のキスだったとは。おいそれと手を差しだすなんて、キスを要求したみたいで恥ず——……。

ちょっと待て。

「……えっと」

右手を離してくれないから、慧は空いている左手で何度も前髪を掻きあげた。

キスで舞いあがっている場合じゃないぞ。

だって、この王様、いま、なんて言った？

服を脱がせて身を清める際……って、さらっと爆弾を落とさなかったか？

念のため隅々まで子細に確認した……って、堂々と視姦《しかん》を告白しなかったか？　いや、視姦とはかぎらない。まさか触ったり……………していないだろうな？

そもそも、王様直々に慧を裸に剝いたのか？　そういうことは家臣たちに任せるものではないのか？　もちろん家臣だろうがなんだろうが、裸を見せるのは抵抗がある。

それなのに、慧の体を隅々まで子細に確認したのが、このフェロモン飛ばしまくりのハイダル王なら……。

「……あの、王様」

冷静に状況分析したいと思うそばから、フェロモン漂う熱い視線で見つめられたうえ、「ハイダルと呼んでくれ」と甘く低い声で囁かれ、すでに隅々まで確認を済まされてしまった体が、ちょっと疼《うず》いた。

もしや誘惑されているのかと疑いたくなるほどの熱い眼差《まなざ》しに負けて、慧の体も熱くなる。注がれる熱を遮断したくて、慧は左手で薄布をかき寄せた。

体の線が出ないよう、懸命にたぐり寄せて誤魔化《ごまか》そうとするのだが、サラサラしすぎてシワにもなってくれない布は、慧の手から簡単に滑り落ち、体の線を赤裸々に浮かびあがらせる。この薄布でバリケードを張るには、右手を離してもらうしかないのだが、一向に解放される様子がない。

これだからシルクは……！　と苛立《いらだ》ちと恥じらいで焦りつつ、慧は薄布の下で両膝を立てた。体の線を隠すには、体育座りが最適だ。

「……脚を伸ばして寛《くつろ》ぐがよい」

「じゅうぶんに寛いでおります、ハイダル様」

「様はいらない。シンプルに」

「でも王様を呼び捨てにするのは……気が咎めます」

「私もそなたをケイと呼ぶ。おあいこだ」

「俺は……庶民ですから」

「なにを言う、ケイ。そなたは天からの授かり物だぞ？」

「天……？」

なんのことだと目を丸くしている隙を狙うかのように、今度は指先に唇を押し当てられ、軽く吸われて、うわーっ！　と悲鳴をあげてしまった。それなのにハイダルは、そんな慧の反応をも楽しむかのように艶然《えんぜん》としている。

「せめてもの詫《わ》びだ。望みがあれば聞かせてくれ。なんでも叶えよう」

「いいいいいえ、ご迷惑をおかけしているのはこっちですから、俺がお詫びをっ」

「詫びるくらいなら甘えてくれ。さぁ、申すがよい。そなたの願いを」

「願い……と、言われましても……」

どうも調子が狂う。照れくさくて正視できず、視線を左右に泳がせながら、慧は急いで願いを探した。

「でしたら、あの、俺の服を……」

服？　とハイダルが眉を撥ねあげる。そして、「ああ」と目を見開いて頷いた。すっかり忘れていたという顔だ。

「そなたが身につけていた衣服なら、いま、家臣たちが綺麗《きれい》にしている。ところどころ破損も生じていた。修復までには、しばし時間がかかるそうだ」

「いえ、そうではなく……その」

ゴクリと息を呑み、勇気を振り絞って訊いた。

「なぜ、裸なのかと……」

「裸？　裸の、なにが問題だ？」

邪気のない笑顔で訊き返されて、ウッと詰まった。慧の思考が邪だと言わんばかりに、軽い追い打ちまでかけてくる。

「ベッドの中では、みな服を脱ぐ。なにも不思議ではない」

にわかには信じ難く、慧はハイダルのうしろに立つラーミーに「そうなんですか？」と目で訊くと、「王のおっしゃることがすべてです」と、解釈次第で肯定とも否定ともとれる曖昧な返事で、うまくまとめられてしまった。……でも、顔が笑っている。

確かに皮膚感覚では日本の七月並みの気温だ。ただし湿度は桁《けた》違いに低いため、汗ばむ心配もない。肌はサラサラして、ひたすら心地いい。風のとおりも良く、快適そのものだ。たしかにこれなら、裸で眠りたくもなる。もちろん、その寝姿を他人に見られず、ひとりでという条件つきだが……と、せっかく健全な結論で手を打とうとしたのに。

「そなたの肌は、シルクそのものだ」

いきなりの発言に、頭のネジがふっ飛んだ。

「あのっ！　ちょ、ちょっと、待っ……」

「とくに太腿の内側が柔らかく、滑らかだ」

ボンッと顔が破裂した……気がした。パニックで鼓動が爆走する。

「ハイダル王……、いえ、ハイダル！　あなた、そんなところまで触ったんですか？」

心臓をバクバクさせながら問うと、澄んだ緑色の瞳が、わざとらしい純真さで瞬いた。

「触れなければ、清められまい？」

一片の下心も邪な気持ちもありませんと言わんばかりの表情に、ちょっと引いた。

「でっ、ですけど、その……っ」

「脚に触れずに、手当てはできまい？」

「うぅ……っ」

そんな目で見つめられると、慧の心が汚れているような気にさせられる。

二の句を告げずにいる慧の窮状を察してくれたのか、ラーミーが苦笑を浮かべ、ここへ至る経緯を教えてくれた。

「ここへ到着したとき、ケイさんは完全に意識を失っていらっしゃいました。まずはケイさんの怪我の状態を確かめるため、汚れた衣服をお預かりしました。そして薬湯を張った浅いタブにケイさんを横たわらせてお清めし、薬湯を排出してから全身をお拭《ふ》きして、ベッドへお運びしたのち、太腿の手当てをいたしました」

「……で、その、それをしてくださったのは……」

「はい。一連の行為すべて、ハイダル王がなさいました。……我々にお任せくださいと何度も執拗《しつよう》にお願いしたのですが、この頑固な主君は、一向に聞き入れてくれませんでしたので」

やんわりと咎められたハイダルが、ムッとした顔で背後を見やる。

「ケイは私のせいで怪我をしたのだ。私が手当てをするのは当然ではないか」

「厳密には、怪我をさせたのはナージーです」

「では、ナージーにケイの世話をさせろと？　いくらなんでも、それは無理というものだ。だろう？　ナージー」

ハイダルから同意を求められたナージーが、「グッワー」と明るく鳴いて肩を持つ。

どうだ、と胸を張るハイダルに、ラーミーが苦笑で敗北を認める。王のおっしゃるとおりです、と。そんな和やかな王室の会話が、目の前で展開されているわけだが。

あの猥褻……いや、魅力的な緑色の瞳に全裸を晒し、あの男らしく美しい指が内股《うちまた》に触れたと想像するだけで、体のあちこちに熱が灯《とも》る。

砂漠で触れた唇の感触が蘇る。口移しの水の味が、口いっぱいに広がる。

もう、これでバレてしまいそうだが――。

じつは、慧は、男性に弱い。

とくに好みのタイプとの接触には、あれこれ妄想を広げてしまう。

いままで特定の同性と恋仲になったことはないから断定はできないが、おそらく自分は……ゲイだ。

それが慧の、誰にも言えない秘密だった。

誰にも言えないから隠し続けて、友人たちの恋愛話でも話を合わせ、価値観を揃えることで自己防衛し、女の子に興味があるふりも……たぶん、していた。

その優柔不断な態度が、結果的にレナを傷つけたのだ。

慧は膝を抱えこみ、膝頭に額をそっと載せた。どうした？　と横から優しく声をかけられ、黙って首を横に振った。

「疲れたか？　ケイ」

慧の背を撫で、耳元で優しく囁いてくれるハイダルの一挙手一投足に、鼓動が乱れる。

そして、こんなふうに、会ったばかりの同性にあっさりときめく自分が恥ずかしく、情けなく、後ろめたく……ひたすらレナに申し訳なく、悔し涙が滲むのだ。

今日は感情が乱れっぱなしだ。不思議なことが一気に起こっているせいだろう。もはやキャパを超えている。受け止めきれなくて、思考するだけでくたびれる。

「体が快復するまで、この部屋で過ごすがよい。私の寝室だ。遠慮は無用。なんでも申しつけてくれ」

ハイダルの声が、慧の鼓膜を震わせる。触れてくる手に、その体温に、鼓動が速くなる。

これは夢だ。白昼夢だ――そう思いこもうとするものの、もはや皮膚感覚が明確すぎて、夢というほうが疑わしい。迷子の思考を整理するためにも、慧はいますぐ現在地を確認する必要があった。

滲んだ涙を膝で拭い、顔をあげてハイダルを見、質問がありますと切りだした。快復するまでここで過ごせと言われても、ここがどこだかわからないうちは快復に専念できないから。

「ここは、病院ですか？」

「……病院？」

「俺、特急に撥ねられる直前までの記憶はあるんです。で、目覚めたら砂の上に倒れていて、あなたに助けられて……。でもここは、俺がいた荻窪駅じゃない。駅から移動したのだとしても……正直、日本に思えなくて。いま日本語で会話をしているのに変ですけど、なんだかアラブにいるみたいな気がして……そんなはずないのに。とにかく一度、母に連絡を取らせてもらえませんか？　時間が経っているなら、心配していると思うので。あと、学校とバイト先にも……」

そこまで一気にまくしたて、慧は自ら口を噤《つぐ》んだ。

慧を見つめるハイダルの瞳が、翳《かげ》ったから。

慧から離れ、黙ってイスに腰を下ろし、肘掛けに両腕を預け、困惑を顔に刷《は》く。その隣ではラーミーが寂しげな視線を足元に落としている。幼いミシュアルはラーミーの浅葱色のトーブの裾《すそ》をきゅっとつかみ、大人たちを不安そうに見あげている。

そのミシュアルを慰めるかのように、ジャファルがニャアと小声で鳴いた。ラクダの親子のナージーと、ナージー・ジュニアも悲しげに鼻を鳴らし、ベッドに載せていた顎を床に下ろし、慧の視界から隠れてしまった。

優しい視線を全員に配ったハイダルが、最後に慧で視線を止めた。

「自分が一度魂になったことは、理解しているか？」

はい？　と慧は眉を撥ねあげた。

もう一度言ってくれませんか……と、催促する声が掠れる。

「しんだこと、わかってりゅ？　って。ハイダルたまが」

ラーミーがギョッとした顔でミシュアルを背後に隠すが、言葉ははっきり耳に届いた。

「死んだ……こと？」

驚いた。かなり驚いた。だっていま、自分は生きている。

「死んだって、俺が？」

茫然《ぼうぜん》として訊き返すと、「そうだ」とハイダルが認めた。

「そうだ……って、言われても……」

笑い飛ばしたいが、ブラックジョークの度が過ぎて笑えない。心臓が口から飛びだすどころか、縮んで捻《ねじ》れて潰《つぶ》れそうだ。

「心当たりが、あるのではないか？」

「心当たり……？」

灰色の視界。どんよりと重い雲。大寒の……午後三時半。

吹きっ晒しで、風が冷たく寒かった、荻窪駅の下りホーム。

賑《にぎ》やかな小学生たち。通過列車のアナウンス。そして――――。

「……………えっと」

緊張か、動揺か。乾いて仕方のない唇を、慧は何度も舐めた。

どうやらこれは冗談ではなさそうだ。そしておそらく夢でもない。

「俺が……、死んだ？」

半信半疑で呟きながら、無駄に髪を掻きあげた。この現実が、なかなか腑《ふ》に落ちない。

慧が男の子のランドセルをつかんで戻したのは、特急が通過する直前だった。あのタイミングで撥ねられもせずに生きていたなら、それは間違いなく奇跡だろう。

そして奇跡は……起きなかった。

「そっか。俺、死んだのか……」

ハイダルの目に据えていたはずの視線が、徐々に力尽き、下がる。

気づけば慧は項垂《うなだ》れていた。カット代の節約で切り損ねていた髪が顔を覆い隠し、視界が暗く、狭くなる。ハイダルたちの目には、ひどく消沈した姿に見えるのではないかと気にかかる。

手当てしてくれた恩人に、気を遣わせてはいけない。笑えないまでも、せめて顔を起こして背筋を伸ばして……と思うのに、どうしてもうまくいかない。

改めて思いだせば、線路上空に体が投げだされたとき、普通ではあり得ない近距離で電車を見た。

線路に落ちるより先に、特急の先頭車両の鼻……ノーズが接近した気がする。

ランドセルをつかみ、力を振り絞ってホームへ戻した感触が、右手に残っている。

そして凄まじいブレーキの音と、摩擦で生じた激しい火花と。

慧の記憶は、そこまで。そして——そこから。

激痛と、耳鳴りと、目から火花だ。

砂漠に叩きつけられた衝撃と痛みと感覚が、荻窪駅の記憶とオーバーラップする。

「死んじゃったのか、俺……」

でも、だったらなぜここで「生きて」いるのだろう……と振りだしに戻った疑問には、「死後の世界が存在する」という、いま見えている世界の存在を認めることで、混乱を整理した。

死の瞬間、なにを思うのか。

自身の最期を想像したことがある人は、少なからずいると思う。

慧の場合は、まさか自分がこんなに早く死ぬとは思っていなかったから、状況が違うかもしれないが、車輪が視界に入った瞬間、背中のデイパックを守ろうとした。

専門学校内の画材店で、いろいろ買い足したばかりだったから。

慧の生活水準から考えると、発色のいいアクリル絵の具や、箱のデザインがレトロで可愛いウィンザーアンドニュートンのカラーインクを全種類揃えるのは贅沢《ぜいたく》だ。だけど卒業課題にすると決めた新作絵本では、どうしても色のバリエーションを増やしたかった。

　下地材のジェッソを使い、平筆で渦や波を描き、デコボコのテクスチャーを作って、そこにリキテックスやインクで着色し、物語を編んでいく予定だった。もうコンテは完成していたから、次は下絵に着手して、着色も進める予定だった。

　提出日まで、あと一カ月。タイムリミット目前で、カウントダウンの真っ最中。でも馴《な》染《じ》みの画材店の店員さんが、一月中旬に大々的なクリアランスセールを開催すると教えてくれたから……それまでバイト代を貯めて、画材を爆買いしてモチベーションをあげて、一気に描きまくる予定だった。

　その画材たちが電車に轢かれると思ったらもう、めちゃくちゃ焦って、パニクって……。パニックしたまま、死んでしまった。

「あれが俺の最期か……」

　滑稽《こっけい》だ。笑える。だけど、ちょっと痛々しい。悲しくて、なんだか可笑《おか》しい。

「死を受け入れたあとは、異なる世界に転生した自身の幸運を讃《たた》えるがよい」

　言われて、慧はハイダルを見た。死んだばかりで幸運と言われても……。

「ここで新たに生きるのだ、ケイ。転生したのだよ。そなたは」

「転生……？」

突然そんなことを言われても、困る。

転生だろうが、なんだろうが、いままで浅戸慧として生きてきた二十年の人間関係や生活や……いろんなものを失ったことに変わりはない。

そういう意味では慧にとって、これは「死」だ。いまこの瞬間……ハイダルやラーミー、ミシュアルたちと話している世界に来たことが幸運だと言われても、到底すぐには受け入れ難い。

ただ創作の世界では当たり前のように題材にされる「異世界」や「転生」が、現実に存在することだけは学習した。それについては驚きだ。

ひとつはっきりしたのは、専門学校生の浅戸慧は、もういない……ということ。

現世では、慧の体はすでに消滅したと思われる。だけどいま慧が感じている痛みは、ナージーに蹴られた左太腿だけだ。両手も両脚も体から離れることなく、くっついている。

それについては心から感謝だ。もしゾンビの姿で転生していたら、もう一度砂漠に捨ててくれと願うだろう。

なんの傷もない両手を見つめ、慧は呟いた。無事だったわけじゃなく、一度すべて失ったんですね……と。

「いままで自分が生きていた世界を軸として考えた場合、ここは異世界と考えればいいわけですか？」

おそらく、とハイダルが頷く。

「ケイはここへ飛ばされることで、新しい人生を授かったと考えるのが妥当だ。……前世の怪我は、生前の慧が受けたダメージだ。この転生によってリセットされた。こちらに来てから新たに生じた怪我については、この世界でゆっくりで治せばよい。ただ……」

ゴホンと咳払《せきばら》いしたハイダルに代わり、窓とは反対側の、壁の向こうに視線を飛ばしてラーミーが言う。

「少々申し上げにくいのですが、ジャファルから得た情報では、七歳の男の子が北の砂漠に降り立つはずでした」

頷きながらハイダルがジャファルを見、ミシュアルやラーミーとも視線を見交わし、困惑したように首を捻る。

「どう見ても、そなたは七歳ではない。成熟した美青年だ」

「美……っ」

過分な形容に言葉を失い、落ちこんでいるはずなのに頰が熱くなる。

慧の戸惑いを知ってか知らずか、ハイダルが美しい形の顎に拳を当て、ふむ……と唸《うな》る。

どんな仕草もサマになるから、気づけば目で追い、頭の中でスケッチを始めてしまう。

見れば右手は、鉛筆を握る形で軽く左右に揺れていた。……描きたいのだ、まだ。

死んでもなお創作を続けようとする自分に、呆れる。でも……嬉しい。

自分には、そんなにも好きなことがあったのだ。そして、それを貫いた人生だった。長いか短いかと言われれば、自分的にはとても短い。でも、満たされていた。それはウソでも強がりでもない。

「ぼく、まちがってないでしゅよ」

拗ねるようなミシュアルの声で、慧はハッと我に返った。頷いたハイダルが、優しい笑みをミシュアルに向ける。

「もちろんだ、ミシュアル。そなたの読みは、いままで外れたことがない」

あの……と、慧は身を乗りだした。

「七歳の男の子なら、俺がホームへ引っぱり戻した小学生のことかもしれません。……そういえばあの子、どうなっただろう。俺と一緒にホームへ落ちたりしていないかな……」

急に心配になっておろおろすると、ジャファルがミシュアルの足元で「ニギャー」と鳴いた。そして背筋を伸ばして座り、ミシュアルを見あげ、両耳をピンと立てる。

耳の先端の毛束が、筆のようにまっすぐ伸びた……と思うと、ゆっくりと扇形に広がり、電波をキャッチしたアンテナのごとく、小刻みに振動しはじめた。

ジャファルの大きな耳の間に、なにか……そう、映像が見えた。景色が揺れ、水彩画のように滲んでいる。まるで蜃気楼《しんきろう》か陽炎《かげろう》か、はたまた砂漠の「逃げ水」か。

そこに、人の姿がいくつも見えた。同じ方向に並んで、スマホの画面に目を落とす人々の姿が。その足元も天井も、空も……灰色。いかにも寒そうだ。

「まさか……荻窪駅？」

身を乗りだした刹那、特急かいじの先頭車両がアップになって迫ってきた。反射的に慧は顔の前で両腕をクロスし、ガードした――直後、手が見えた。

あの男の子をランドセルごと抱えこむ、若い女性の両腕が。

ふたりが倒れこんだ足元に、白線が見える。黄色い点字ブロックも。

……ということは、あれはホームだ。

幻は、そこで消えた。

ミシュアルが両目を見開き、赤い虹彩を一層明るく輝かせ、言った。

「たましいは、むこうでしゅ」

「……え？」

「こっちに、いないでしゅから、むこうでしゅ」

どういうこと？　と狼狽える慧に、通訳します、とラーミーが引き継ぐ。

「ジャファルは砂漠に降り立つ魂を察知します。この、長い耳の毛の先をアンテナ代わりにして。それをミシュアルが解読します。……ミシュアルの読みによれば、七歳の男の子の魂は、こちらの世界に来ておりません」

「……他の世界に飛ばされた可能性は？」

「ありません。ケイさんと一緒に落ちたのであれば、同時に砂漠へ降り立つはずです。よって、亡くなってはいません。生きておられます」

「……――よかった！」

慧は飛びあがらんばかりに興奮した。……そうだ、さっき見えた若い女性の両腕は、あのマフラーの女子高生だ！

ホームへ男の子を力任せに投げたとき、あの子が反射的に両手を伸ばしてくれた。キャッチしてくれたのだ、あの子は！

「よかった、よかった、よかった……！」

あの女子高生に大感謝だ！　男の子の強運に大拍手だ！

「う……ぅっ」

無事だったのに泣けてくる。いや、無事だったからこそ泣けるのだ。嬉しすぎて。

ボロボロ、ボロボロ、涙が零れる。

ハイダルがラーミーになにか言い、ラーミーがドアの外へ声をかけ、外にいた誰かがタオルを持ってきてくれたようだ。それを受け取ったハイダルが、そっと慧に差しだしてくれるという連携プレーが、よけいに涙腺《るいせん》を刺激する。

そのタオルに顔を押しつけ、慧は泣いた。泣いて、泣いて、肩を震わせ、しゃくりあげ、子供のように号泣したあと、鼻を啜《すす》って涙を拭き、短く息を吐いて笑みを作った。

「教えてくれてありがとう、ミシュアル。ジャファルも」

ラーミーのうしろに体を半分隠したまま、ミシュアルが慧に会釈する。急に泣いたから、びっくりしたのかもしれない。ジャファルはといえば得意げに耳を立て、黒い長毛をひらひらと動かしている。

慧が落ちつくのを待っていてくれたのか、ハイダルが優しい笑みで、この国の不思議を教えてくれた。

「転生した魂は、予期せず北の砂漠に出現する。だが、どの地点に、どんな人物が、いつ、何人出現するか。風の動きからそれを察知できるのは、じつはジャファルだけなのだ。ジャファルが城へ来て四年だが、それまでは砂漠巡回中に偶然発見するしか、転生者を見つける方法はなかった」

「そして、そのジャファルの声を解読できるのは、ミシュアルだけの能力です。今回は、太陽が真上に達する時刻、北の砂漠の窪地《くぼち》で空が割れると、ミシュアルは読みました」

ね、とミシュアルの頭を優しく撫でて、ラーミーも微笑む。

「七歳の子供ひとりなら、城の者たちの手を煩わせるまでもない。よって私がひとりで向かったというわけだ」

「本来であれば王には城でお待ちいただき、我々が走るべきところですが……」

困惑口調のラーミーを、ハイダルがジロリと横目で睨《にら》む。拗ねたような目つきもまた魅力的だ。

「先頭に立って行動するのが良き指導者だと、いつも父王が申していたではないか」

「狩りの場合は命の危険を伴いますので、例外かと思われます」

「今回は狩りではなく、転生者の救出だ」

「転生の際も、時空の穴は開きます。邪鬼が紛れこむ可能性は否定できません」

「そう言うな。子供が降るなら、小さな穴だと思ったのだ。だが、私が行って正解だった。お前のラクダがケイを撥ねたら、責任を感じて心を痛めるであろう？　よって、ケイに怪我を負わせた責任は私が取る」

彼らの話に耳を傾けながら、ぼんやりと慧は頭の中を整理した。

あの小学生の代わりに、自分は死んだ。やっと事情を理解した。

浅戸慧としての人生は、終わったのだ。

悲しいかと訊かれれば、迷わず「悲しい」と答える。なぜなら自分はまだ二十歳だ。専門学校で勉強中の身で、学んだ知識や技術が世の中で通用するかどうか、これからの自分をちょっと楽しみにしていたから。あと、きちんと卒業したかった。せっかく真面目《まじめ》に通ったのだから。

やりたいことは、たくさんあった。女手ひとつで育ててくれた母のことも心配だ。

でも、あんな小さな子が目の前で命を落としていたら、それこそ後悔に苛《さいな》まれていただろう。ポケットの中でスマホを握ったままの右手を、伸ばせずにいたら。一秒でも躊躇《ちゅうちょ》していたら。

一生、自分を許せなかった。

肝心なところで優柔不断になってしまう、情けない自分を責め、嫌悪したと思う。

「――あの子が死ななくて、よかった」

はっきりと慧は声にした。一番大事な事実を口にすることで、この死は無駄ではなかったと納得できる気がしたからだ。

「本当に？」

訊かれれば迷いは戻るし、心も揺れる。そこが慧の弱いところだ。この性格が、現世でレナを苦しめた。苦しめたまま、こちらの世界に来てしまった。

「無理をしているのではないのか？　ケイ」

探るように訊かれたが、慧は首を横に振った。

スパッと気持ちを切り替えられるほど器用じゃない。だからこそ前向きな言葉を口にして、自分の背は自分で叩き、立ち直りたいと思っているだけだ。

「あの子が無事で、よかったです。ほんの数分しか関《かか》わっていませんけど、とても元気で、大らかな子で、電車の知識が豊富で……。あの子たちの話に耳を傾けながら、思ったんです。好きなものがあるって幸せだな……って。でも、だから、ものすごく申し訳ないことをしてしまいました」

「なにが申し訳ないのだ？」

訊かれて慧は、震えそうになる唇を引き結んだ。

「だって……あの子、目の前で俺が電車に轢かれるのを見たのなら……、もしかしたら、電車を嫌いになったかもしれません」

「……かも、しれないな」

「それとも、本当はまだ大好きなのに、周りの目を気にして、本音を言えなくなるかもしれない。……好きなものを好きと言えず、興味のないふりを続けなきゃならないとしたら、とても苦しいと思います」

あの男の子の話をしているのに、自分の感情が前に出る。なんの話をしているのか整理がつかないまま、慧は止まらない感情を吐きだした。

「それを考えると、俺、死んじゃダメだったんじゃないかなって。あの子を助けたつもりでいたけど、あの子から、大好きなものを奪ってしまって、恨まれてるんじゃないのかなって……」

暗くならないよう笑顔で言おうとしたのに、失敗した。

またしても涙腺を崩壊させた慧を見かねたのか、ハイダルがイスから立ちあがり、ベッドに膝をつき、身を寄せてきた。そして慧の隣に並ぶようにして座ると肩に左腕を回し、広い胸に抱き寄せてくれた。

出会ったばかりの人の胸を借りるなんて恥ずかしいと思いながらも、ハイダルの左腕と、接している上体から伝わる温《ぬく》もりに包まれて瞼を伏せた。握りしめたタオルを鼻に押しつけ、肩に額を預けたとき……。

ハイダルの左手が、頬に触れた。

「……ん？」

ふわふわして、くすぐったい。細かい産毛が密集した、ベルベットみたいな感触だ。

ハイダルの手って、こんなに毛深かったっけ？　そんなふうには見えなかったけど。

さっき目でデッサンしたときは、毛は生えていなかった。男らしい骨の筋がしっかり見えて、彫刻みたいにかっこいい手の甲だった、は……ず…………――。

「…………っ！」

無意識に擦《す》りつけていた頬の下で、ハイダルの手がむくむくっと太くなったのは、絶対に気のせいじゃない！

慧はパチッと目を開けた。左手が置かれている肩を凝視し、刹那、無言で絶叫した。

ハイダルの手じゃない！　というより、人間の手じゃない！

それどころか、金色の細い毛でびっしりと覆われている！

人間のそれより太く、大きく、肉厚な左手は、どうやらジャファル……じゃなくて、もっと巨大な犬か豹《ひょう》か虎か熊か、なんだかもうよくわからないが、肉食獣には違いない。

密毛で覆われた、ふっくらした丸い指先には、黒々とした鉤《かぎ》状の、硬そうで鋭い爪の先端がチラ見えしていて、恐怖で喉がギュッと絞まった。

見たくないけど、見なきゃ危険だ。この手の主を確かめて、逃げるなら逃げる、戦うなら戦う……戦っても絶対負けるけど、黙って食われるのだけはイヤだ！

いまにも胸を突き破って飛びだしそうな心臓付近を両手で押さえ、慧はおそるおそる右側へと首を回し、そして。

「ライ……」

みなまで言わず、オン……は口の中へ仕舞いこみ、ゴクリと飲んで納得した。同時に、暴れていた鼓動が時間をかけて、ゆっくり落ちつきを取り戻す。

大草原を思わせる、澄んだ緑色の虹彩。強い信念の表れのような漆黒の瞳孔。慧を見つめる優しい瞳は、ハイダルそのもの。姿形が違っても、恐れることなどないと覚《さと》った。

ハイダル？　と改めて訊くと、「そうだ」と、ライオンがふっくらしたマズルを動かし、ハイダルの声で認めた。

手も顔もライオンになったのだから、体も変化して当然だ。いま慧が体を預けている胸も、気づけばびっしりと体毛が生えている。さっきまで身につけていたトーブやシュマッグは跡形もない。どこから見ても雄ライオンだ。

とくに、金の鬣を縁取るように生えたメッシュのような、漆黒の毛は見事だ。勲章や紋章を首から提げているかのようで、かっこいい。鬣の輪郭を色濃く縁どり、威厳と風格を極めている。

ハイダルの突然の変身には面食らったが、恐怖や警戒の感情は消滅した。

ここは、慧にとっては死後の世界。だがハイダルたちにとっては日常だ。慧の世界の常識や感覚で捉《とら》えようとすること自体が間違っている。

知らない世界なのだから、なにが起きても不思議ではない。なにかを恐れる必要もない。それに、砂漠で一度、この部屋でも一度、ハイダルにライオンの姿が重なって見えたことがある。あれは見間違いではなく、幻でもなかったわけだ。

ここは、こういう世界なのだ。その事実をシンプルに受け入れればいい。それでなくとも創作や妄想は得意なのだから。

「……この姿は、気に入らないか？」

顔色を窺われ、慧は首を横に振った。そして、その逞しくも愛らしい感触の胸に手を回し、「もふもふ、大好きです」と微笑むと、「もふもふ？」と不思議そうに訊かれたから、「もふもふです」とだけ返し、その胸に顔を埋《うず》めた。

暖かくて、優しくて、大地の香りがする。太陽の匂いもだ。それと、アーチの窓から入りこむ、穏やかなそよ風の香りも。

こうして抱きついているだけで安心する。心地よすぎて眠くなる。

「……夕食までには時間がある。少し眠るがよい。そなたは少々考えすぎだ」

かもしれません……と半分は開き直って、もう半分は反省しながら呟いた。

ハイダルの胸に抱きついている姿が、気持ちよさげに見えたのだろうか。「ねんねでしゅか？」と、ミシュアルに訊かれた。目を閉じたまま頷くと、「ぼくも！」と元気な声がして、ベッドの端がちょっと沈んだ……のは、一瞬のこと。

薄目を開けて確認すれば、ラーミーにひょいっと抱きあげられ、空中でジタバタしているミシュアルが見えた。おかしくて、可愛くて、目尻が下がる。

「はなしてくだしゃいっ。ぼくもっ、ぼくもいっしょに、ねんねするでしゅっ」

「お昼寝は大歓迎ですが、ここはダメです。ご自分のお部屋でいたしましょう」

「ヤでしゅ！　ハイダルたまとねんねねんねんでしゅ！　ライオンのハイダルたま、ふっわふわの、ふっかふかなのでしゅ！」

暴れるミシュアルを、慣れた手つきで抱っこの形に落ちつかせ、暗号を伝達するかのようにラーミーが耳打ちする。

「ミルクプリン」

えっ、とミシュアルが目を輝かせ、ラーミーの両肩に小さな手を載せ、「みるくぷりん？」とヒソヒソ声で訊き返す。苦笑を浮かべたラーミーが、これまた「はい、ミルクプリンです」と極秘情報を伝えるかのように小声で囁くあたり、子供の気持ちをつかむツボを心得ている。

「お部屋へ戻ったら、作って差しあげます」

「……………いくつでしゅか？」

「ふたつ。いえ、みっつです」

「……おへや、いきましゅ」

あっさり釣られるミシュアルに、慧はプーッと噴きだした。

自分の笑い声が呼び水になり、真逆の感情が涙になって一気に溢れ、ギョッとした。

慌ててハイダルの鬣に顔を埋めた。せっかくの楽しい雰囲気に、水を差すような真似はしたくない。

「……っ」

ハイダルが慧の背に両腕を回す。説明のつかない複雑な感情を察してくれたのかどうかは不明。

「おやすみ、ケイ」

「……おやすみなさい、ハイダル」

シルクのシーツに爪で穴を開けないよう、優しく持ちあげて軽く引っぱり、慧の目元まで覆い隠してくれたから、安心して少しだけ涙を流した。

ベッドの四隅の柱に巻かれた天蓋は、ラーミーが解いて戻し、ベッドを囲むようにして閉じてくれた。そして「また後ほど」と言い置いて、ミシュアルとともに退室した。

透ける天蓋越しに、ラクダのナージー親子が揃って大きなあくびをし、ゆっくり床に伏せたのが見えた。てっきりラーミーたちについていくと思われたジャファルは、天蓋の下を器用にめくって入ってきたかと思うと、ぴょんっとベッドに飛び乗って「ナーォ」と鳴き、前脚でシーツをチョイチョイしてくる。

抱っこ？　と両手を差しだすと、そうですよと言わんばかりに腕の中へ入ってきて、くるっと丸く収まった。小さなもふもふを胸に抱き、大きなもふもふに肩を抱かれ、鬣に涙を吸いとってもらいながら、慧はホーッと息を吐いた。

これは慧が生前によく落としていた溜め息ではない。深呼吸だ。気持ちの整理がひとつつくごとに緊張が解れ、肩から力が抜け落ちる。抜けすぎて、さっきは涙が零れるのを止め損ねたが、本音を晒したおかげか、少し気持ちが軽くなった。

代わりに満ちてきたのは、清々《すがすが》しさだ。

「……ありがとうございます、ハイダル」

「なにがだ？」

「俺を助けてくれたこと。あと、怪我の手当ても。それと、そばにいてくださること。ひとりだったら、間違いなくパニックを起こしていました。心から感謝します」

そう告げると、鬣がふわりと動いた。……笑ったらしい。

「オレンジサファイヤ」

ふいに言われて仰ぎ見た。雄ライオンの微笑みに、とくん……と鼓動が弾む。

「オレンジのサファイヤが、どうかしましたか？」

「そなたの魂の色は、この国の夕陽の色だ。これほど美しく澄み、こんなにも深みのあるオレンジサファイヤは見たことがない」

「……買いかぶりです」

「それは謙遜《けんそん》か？　もしくは、私をウソつきだと？」

ウソつきだなんて、そんな……と首を横に振ったら、大きなマズルから牙の先端が覗いてギョッとした。牙を剝いたのではなく、笑ったらしい。

「私には見える。私の目は真実を見抜く」

そう言って、大きな舌で頰をペロリと舐められた。

ざらりとした舌の感触に怯《ひる》んだが、イヤではない。それどころか嬉しいと感じた。親しみを覚えるこの行為も、かけてくれる言葉も、なにもかも。

「この世界では、夕陽は特別な存在だ。大地を染めるオレンジサファイヤは、見る人々の心に安らぎと感動をもたらす」

「畏《おそ》れ多くて失神しそうです。……あの、やっぱり、少し眠っていいですか？」

「ああ。もちろんだ」

「もたれたままで、重くないですか？」

「軽すぎて心配になるほどだ。安心して身を預けるがよい」

ホッとして、慧はハイダルにしがみついた。人間の姿のハイダルには、当然こんなふうには甘えられないが、動物であれば堂々と抱きつける。

間に挟まれた格好のジャファルは、ギニャーと牙を剝いて文句を訴えただけで、移動する気はないらしい。

連鎖反応か、ジャファルまでが目を閉じ、静かな寝息を立てはじめる。小さな三角に開いた口の先から、ピンクの舌先が覗いている。

「……暖かいね、ジャファル」

「……ミィ」

「本当に……暖かいね」

「ミュー……」

ジャファルの耳の長毛が、そよ風に揺れる。ハイダルの雄々しい鬣も、空気を含んでふわりと揺れる。

人は、死んだら天国か地獄に行くのだと、漠然と思っていたけれど。

そのどちらかに来たのだとしたら、ここは、間違いなく天国だ。

ここで「生きていく」なら、知りたいことが山ほどあった。

でも、そばにいてくれるもふもふが、あまりにも気持ちよすぎるから……。

ほどなくして慧は、心地よい眠りに墜《お》ちていった。


心身ともにスッキリして目覚めたとき、ハイダルと慧の間で寝ていたはずのジャファルの姿はなかった。

ふたりきりでベッドにいることも、腕枕で爆睡していたことも、逞しいライオンに寝顔を観賞されていたことも、なにもかもが恥ずかしく、慧はその視線と腕枕から逃れるために、わざと周囲を見回しながら体を離した。

「あれ？　ジャファル、どっか行っちゃいましたね」

「ミルクプリンの香りにつられたのであろう」

ライオン姿のハイダルが、指の背で慧の頬をスッと撫であげる。柔らかな密毛に触れられて、とろん……と心が溶けそうになった。

まだ出会って間もないのに、ハイダルといると呼吸が楽だ。以前の生活より解放されている実感がある。それとも、この世界の空気が合うのだろうか。

「あの、重くなかったですか？　俺、本当にぐっすり眠ってしまって……。腕とか痺《しび》れていませんか？」

「申したであろう？　軽くて心配になるほどだと。鷹《たか》の羽一枚よりも軽い」

そんな冗談で安心させてくれたライオンの顔が、少し小さくなった。不思議に思って眺めていると、今度は髭《ひげ》が引っこんだ。耳や鬣が引っこみ、体毛が消滅する。みるみるうちに人間の男性の姿が重なり……。

「うわっ！」

慧は驚いて飛び起きた。白いトーブ姿のハイダルが、頬杖《ほおづえ》をついて寝そべって、クスクス笑っている。ついさっきまで毛むくじゃらのライオンだったのに！

「び……、びっくりした」

「服を着ているからか？　ケイに配慮したつもりなのだが」

「裸だったら、もっとびっくりします」

「ではこの次は、裸で現れるとしよう」

はっはっはと笑ってベッドから下りたハイダルが、天蓋を開いて支柱にまとめ、風を通す。そのままテーブルへ移動し、ガラスの水差しを手にしてグラスに飲み物を注《つ》いだ。

「飲むか？」

「あ、はい。いただきます」

「グラスで？　それとも……」

人差し指で、唇をトントンとしながらウインクするのは……あれか？　砂漠でヤられた口移しか？

「ぐっ、グラスでお願いしますっ」

「それは残念」

笑いながら手渡されたグラスの中の飲み物は、水ではなく乳白色だ。

「これ、カルピ……」

……のわけがない。

とにかく喉がカラカラだ。慧はグラスに噛みつく勢いでひとくち飲んだ。イメージしていた乳酸菌飲料ではなかったが、どこか懐かしい味がする。これ、なんだっけ……と記憶を遡りながらもうひとくち飲んで、あ、と気づいた。

「ココナッツだ！」

旅先で旧友と遭遇したかのような感覚に、声が弾んだ。

知っているのか？　と訊かれ、はい、と慧は頷いた。

「俺が通っていた専門学校のカフェコーナーに、トロピカルドリンクを集めたブリックパックの自販機があるんです。マンゴーとかライチとか、これとそっくりなココナッツドリンクも、よく飲みました。匂いのキツいドリアンなんかもあって、誰かが絵画展で受賞すると、洗礼だ！　って、みんなでドリアンを一本ずつ買って飲ませるんですよ。お祝いっていうより罰ゲームで、もう、みんなゲラゲラ笑っちゃって……」

一気に言って、慌ててパフンと口を閉じた。

もう切り替えは済ませたはずなのに、自分で掘り起こしてしまった。不意打ちを食らって胸が詰まる。あの笑い声の中には、もう二度と戻れないのに。

「……同じ名称のものが、どちらの世にもあるのだな」

気遣ってくれた声に、慧は無言で数回頷いた。

「マンゴーもライチもある。あと、ビーツも」

「ビーツは……興味はありますけど、口にしたことはありません」

「ならば、あとで用意させよう。きっと気に入る。この世界へ来てからケイが出会う、新しい味というわけだ」

「新しい味……」

死んでなお、新しい体験ができるとは。

生きていたころは、死んだら終わりだと思っていた。それなのに、慧はこうして「生きて」いる。生前を懐かしんだり、新しいことに驚いたり。不思議でたまらない。

「あの……王様も、どこか他の世界で亡くなって、ここへ転生されたのですか？」

訊くと、目を丸くされた。そしてハッハッハと笑われた。まったくの見当違いらしい。

「私はもとから、ここの者だ。……慣れない世界で不自由だろうが、ゆっくりと馴染めばよい。ここは、いい国だ。急ぐ必要はない」

「……はい」

慧は再びグラスに唇を添え、ココナッツを口に含んだ。

ほんのり甘くて爽やかで、懐かしい。……みんな、どうしているかな。先生たちは相変わらずかな。あの男の子は元気かな。母さんは、ちゃんとご飯を食べているかな。

レナは、泣いていないかな。

「……間もなく、一日が終わる」

アーチの窓に寄りそうハイダルの背中に、「はい」と慧は頷いた。夕陽に染まる立ち姿が、神々しく美しい。まるで一枚の絵画のようだ。

「……夕陽は、ケイがいた世界にもあるのか？」

「ええ。でも、こんなに大きくないし、ここまで鮮やかな夕陽は滅多にないです」

「ケイの国でも太陽は昇り、沈むのか？」

「はい、東から昇って西へ沈みます」

「我が国では日によって異なる。東から昇って西へ沈み、西から昇って南へ沈み、南から昇って北へ沈む……と、多様だ。ただし、北から太陽が昇ることだけはない」

「想像がつきません。と言いますか、この国の東西南北がわからなくて……」

きょろきょろしながら訊くと、ハイダルが窓から外を差し、「バルコニー側が南だ」と目を細めた。そして、「壁側が北だ。北には砂漠が広がっている。砂の浸入を防ぐため、窓がない」と、親指で指して教えてくれた。

圧倒的な夕焼けが、室内を染め尽くす。天井のシャンデリアは夕陽に溶けこみ、赤みがかったオレンジ色の光の粒が、壁でキラキラと躍っている。

「……どんなふうにして、人はこの世界へやってくるのですか？」

「ケイが経験したとおりだ」

「ここは、どんな世界ですか？」

「急いで知る必要はない。時間は無限にある。ゆっくり知識を蓄えるがよい」

そして「おいで」と慧に手を差し伸べてくれた……のだが。

「あの……、ハイダル王」

「……ハイダルと」

「えーと、ハイダル」

「なんだい？　ケイ」

「ベッドから出たいのは山々ですが、服を着ておりません」

シーツを巻きつけてもいいですか？　と訊《たず》ねたら、盛大に笑われてしまった。

シーツではなく、これを着なさいと、ハイダルが白いトーブを渡してくれた。

ベッドのサイドテーブルに、ラーミーが用意してくれたらしい。頭部を覆うシュマッグも、スリッポンに似た履物もある。

「それならそうと、早く教えてほしかったです……」

トーブに腕をとおしながら文句を言うと、「美しいものは、鑑賞してこそ価値がある」と返され、どういう意味だ？　と首を捻って考えて……察したら顔が熱くなった。

ヌードデッサンなら、一度だけ授業で経験がある。芸術観賞ではなく学習だが、女性の体の線は優しいという率直な感想を抱いた。でもハイダルは、絶対に学習目線じゃないと思う。

この王様、モノをストレートに言いすぎる。それとも、あれか？　出会ったときから見境なく口説くのが、この世界の礼儀なのか？

まだ着慣れないトーブの、足首まで隠れる長さの布と格闘しつつ、ハイダルの手を借りてベッドから下りた。

「死んだのに、足がある……」

蹴られた太腿がまだ痛いことにも、純粋に感動する。

「魂でも、怪我をするのですね」

「怪我もすれば、死にもする」

えっ、と驚いて見あげると、ハイダルが口の端をキュッと動かして苦笑を浮かべた。緑色の目が、ほんの少し翳りを帯びる。

「死は、浄化という言葉に置き換えられる」

「浄化？」

「この国の大気になるのだよ。私の父も半年前に浄化した。……その空中から現れたのが、邪鬼ではなく、七歳の男の子でもなく、心に夕陽を灯した美しい若者……ケイだった」

「俺には……よく、わかりません」

心に夕陽を灯しているかどうか、慧にはわからない。合致しているのは、若者という点だけだと思う。

まったく納得していない慧をバルコニーへ導いてくれながら、ハイダルが首を捻る。私の言うことは変か？　と。変というより不思議ですと返したら、声に出して笑われた。

「もうひとつ、不思議に感じることはないか？」

「え？　なんだろう……、わかりません」

「私もラーミーも、ミシュアルも男だ」

言われて、確かに……と頷いた。

「城に住まう臣下はみな、男だ」

そうなんですか？　と返したものの、ハイダルがなにを言おうとしているのか、まったく読めない。でも、男ばかりということは……。

「この世界に、女性はいない……とか？」

「城下にはいるが、城には置かない。我々王族の男たちは、邪鬼狩りの際に獅子《しし》と化すため危険なのだ」

「人間の姿ではなくなるということ……ですね？」

そうだ、とハイダルが頷き、「邪鬼狩りについては、いつかそなたも目撃する日が来るであろう」と誇らしげに予告され、思いがけず授かった楽しみでテンションがあがったのに。

「ただ、狩りの際に野性が滾《たぎ》りすぎ、城に戻っても人の姿と心を取り戻せなくなる者が、過去に何頭か現れた。女性を餌《えさ》とみなし、襲いかかってしまったのだ」

「え……さ……」

餌ということは……あれか？　食われてしまったということか？　ライオンに？

ゾオォ……と背筋が凍りついた。電車に撥ねられるのも二度とイヤだが、肉食獣に食われて死ぬのも絶対に避けたい。

「よって、それ以来、城に女性を置くことは禁じられた。私の母はとうに浄化したが、家臣たちの妻や娘らは皆、町で安全に暮らしている。ときおりは町の家族のもとへ赴き、睦《むつ》みあうことも赦《ゆる》されるが……多くは城で、気の合う者同士が心身を満たしあっている」

「えーと、お……、男同士で？」

訊くと、男同士で、と笑顔で即答され、「け……、賢明なご判断かと」と、しどろもどろで返した。

「そのような事情で、城には男しかいない。そして私はひとり者。そこへ、そなたのような美青年が現れたのだ。私の心が沸き立つ理由は、わかるだろう？」

そう言いながら腰に腕を回され、バクンッと心臓が跳ねた。

「自分の命と引き替えにして子供を救った、その勇気と優しさに胸を打たれた。そなたはまるで、民《たみ》のために命をかけて邪鬼と戦う、誇り高き我が王族のようだ」

「いえ、決してそんな大層な者では……」

「謙遜せずともよい。そのうえ慎み深く、しなやかで美しい。私の知らない未知の世界から舞い降りた神秘的な存在だ。心を動かされて当然であろう？　……わかっているか？」

「な、なにを……ですか？」

「いま私は、そなたを口説いているのだぞ？」

ん？　とハイダルが眉を撥ねあげた。そして、ふいに顔を寄せられて……。

うわっ！　と慧は声をあげた。いま、顎を引くタイミングが一秒でも遅れていたら、間違いなく、キキ、キスされていた……っ。

腰に回した腕を弛《ゆる》めるどころか、ますますしっかり慧を引き寄せ、ハイダルが片眉を撥ねあげる。

「なぜ逃げる？　私が嫌いか？」

「そういうわけじゃ……ありませんけど」

「男は論外か？」

「え？　えっと……」

「濁さずはっきり言ってくれ。元の世界に、思い人でも残してきたのか？」

「そんな相手……いません」

「ではキスくらい、いいではないか」

「そういう問題じゃありませんっ」

濁さずはっきり言ってやったら、笑って釈放してくれた。……どこまでが本気で、どこからが冗談か、わからなくて混乱する。青くなったり赤くなったり、きっと慧の顔色は信号機のような状態だ。

そんなこと気にもしていない様子のハイダルが、慧の手を取る。そして不自由な足を気遣ってくれながら、バルコニーに案内してくれて……。

うわ……と、慧は目を見開いた。

砂漠の地平線を臨む壮大な景色に、ぽかんと口を開け放った。

なんという巨大な夕陽！　なんという熱量！　なんという迫力！

無限の空が、広大な大地が、真っ赤に染まって輝いている！

「燃えているみたいだ……！」

ベッドから見ていた色の比じゃない。部屋が赤いだけじゃない。大地が、世界が、燃えているのだ！

「あの、ハイダル。こんな言い方、おかしいかもしれませんけど……」

「なんだ？　言ってくれ」

「巨人のガラス職人が、赤みの強いオレンジ色のガラスの球を溶かしているみたいです」

喩える声と、バルコニーの手摺《てす》りに預けた手が、感動で震えた。

「じつに個性的な表現だが、明確だ」

その、とろけるガラスのような夕陽に照らされ、城下の町の至るところに濃い影が生まれている。小さな建物、椰子《やし》の木、動いている影は……ラクダたち。

「今日は、太陽が南へ沈む。それをケイに見せたいのだ」

「……はい」

幼いころに玄関マットで、じゅうたんに乗る真似をすると、いつも母が「月の沙漠《さばく》」や、空飛ぶじゅうたんが登場する有名なアニメのテーマ曲を歌って、気分を盛りあげてくれた。

慧の尊敬する有名な版画家も、砂漠をテーマにした作品を多く残している。知らない国のはずなのに、猛烈な郷愁が胸を焼く。

いろんな記憶が重なり、蘇り、懐かしさのあまり目が潤む。

ケイ、と呼ばれ、はい、と返した声は、許容量を超えていた感動で震えてしまった。

「ケイ。そなたのことを、もっと知りたい」

その懇願に対して、うまく返事はできないけれど、ひとつだけ言えることがある。

「俺は、魅力的なんかじゃありません。言うべきことも言えず、曖昧な態度で逃げたり、答えをあと回しにしたり……。百歩譲って、あなたが言うオレンジサファイヤだとしても、そのサファイヤは輝き方がわからない、できそこないです。宝石になれない鉱物みたいなものです」

と言っているのに、「見なさい、ケイ」と清々しい声で、うしろ向きな発言を断ち切られた。

「ほら、この世で最も美しい景色だ」

言われて慧は、ハイダルが指し示すほうへ視線を投じ、息を呑んだ。

「日の入り……ですね」

圧倒的なエネルギーが……巨大な夕陽が、地平線の向こうにゆっくりと沈んでゆく。

「ケイのようだろう？」

「……だから、美化しすぎですって」

「美化などしていない。私は見たままを言葉にし、伝えることを躊躇《ためら》わない」

「誤解です、ほんとに」

「ケイは太陽だ。……少なくとも私と、七歳の男の子にとっては」

現世のことを持ちだす真意がわからず、慧は隣に立つハイダルを見つめた。

胸を張り、夕陽と向き合う雄々しいハイダル。太陽のエネルギーに負けていないどころか、それを受け入れ、自身のエネルギーに変えてしまう強い存在。

あと数刻で沈む赤い夕陽が、ハイダルの瞳を染める。

深みを増し、どこまでも澄み、胸が苦しくなるほど尊い。この人の言うことに、いちいち反発する自分が矮小《わいしょう》に思えるほど眼差しが真摯《しんし》だ。

「ケイは最後の瞬間まで諦めなかった。……そうだろう?」

「……はい」

認める声が、かすかに震えた。

「授かった命を、全力で生きた。……そうだな? 慧」

「……はい、そのつもりです」

「この世界で夕陽は……オレンジサファイヤは、大いなる戦士に喩えられる。自身を燃やして世を輝かせ、民を守る。その命尽きる瞬間まで。……七歳の男の子の命を繋いだのは、ケイの勇気だ。ケイは、大いなる夕陽だ」

ケイは、オレンジサファイヤだ――――。

そんな言葉で、そんな瞳で、そんな微笑みで断言されたら、もう。

誇りに思うしか、ないじゃないか。

最期まで諦めずに頑張った自分を。


灼熱色の夕陽が、南に沈みきる刹那。

地平線に沿って、赤い閃光《せんこう》が走った。

一直線に描かれた、その鮮烈な美しさに涙が溢れた。

――そして。

赤から紫へ空が染まり、やがて星が瞬いて、群青の夜が訪れた。


「うわ～っ！」

それを目にした瞬間、慧は脚の痛みも忘れてソファから跳ね起きた。

慧の腕の中でウトウトしていたジャファルが、驚いて手足をピンッと伸ばし、みぎゃっ！　と鳴いて飛びすさる。

なんと、紛失したとばかり思っていた黒いデイパックを、ミシュアルが背負って……というより、ずるずる引きずって、寝室に入ってきたのだ！

「ミシュアル！　そのデイパックどうしたの？　どこにあったの！」

うわ！　うわ！　うわ！　と大興奮でミシュアルの前へ駆けようとしたら、履き損ねた靴が脱げて滑って、力いっぱい転倒してしまった。

転がりながら体勢を変えて四つん這《ば》いになり、太腿の痛みに歯を食いしばりながらミシュアルのもとへ這い進んだ。必死すぎる慧が不気味なのだろう、ミシュアルが眉根を寄せている。

「ケイたま、だいじょぶでしゅか？」

心配そうに訊ねられ、「あんまり大丈夫じゃない」と半泣きの笑みで返したら、「そうみたいでしゅね」と、小さな手で頭をなでなでされ、目尻が下がった。

あとからやってきたハイダルとラーミーがクスクス笑っているのは、ミシュアルの仕草が可愛いせいか、それとも慧のテンションが高すぎるせいか。

だが、笑われても構わない。驚きすぎて、嬉しすぎて、この広い寝室の端から端まで、大笑いしながら全力で転げ回りたい気分だ。

今日は美しいオレンジ色のトーブに逞しい長身を包んだハイダルが、口元を拳で押さえ、笑みを噛み殺している。そして慧に手を差し伸べ、「怪我に障るぞ」と立たせてくれた。

ハイダルと並んでソファに座り、ミシュアルが運んでくれたそれを足元へ引き寄せたとき、急に涙が溢れた。切なくて苦しくて懐かしくて嬉しくて、いま体内で大暴れしている感情を正確に伝える言葉が見つからない。

「もっと早く返すべきだった。すまない」

ハイダルに謝られ、慧は涙を左右に散らせながら頭を振った。謝るどころか、その逆だ。見れば、まったく汚れていない。砂埃すらついていない。もしかして綺麗に拭いてくれたのだろうか。ありがたくて涙が出る。

「これ、一体どこにあったんですか？」

「納屋だ。ナージーの背嚢《はいのう》と一緒に降ろしたまま失念していた。申し訳ない」

「いえ、そんなことは全然……。ああ、そういえば砂漠で俺を拾ってくださったとき、背中から下ろしてくれましたよね」

「とても重そうで苦しそうだった。ケイの背中に覆い被さる邪鬼かと思い、切り捨てようとしたのだ」

真顔で言われて笑ってしまった。確かにこれは重くて苦しい。背後から襲いかかる悪いヤツだと言われても頷ける。

「切り捨てられずに正解でした。この中には、俺の二十年が詰まっていますから」

「……言葉の意味を訊ねても？」

遠慮がちなハイダルに、慧は「もちろん」と微笑んだ。

「うちは母子家庭で、あまり裕福じゃなかったんです。でも、ありがたいことに絵本やクレヨンを譲ってくれる友人知人が周りにいて、母も理解のある人で、創作に関しては恵まれた環境でした。……俺、美術の専門学校でイラストを専攻していたんです。死ぬまで絵を描いていたくて。……その絵を描くための道具が、この中に入っているんです」

どこまで話が通じたかはわからないが、理解度を確認する必要は感じなかった。このデイパックの中身が、慧にとってどれほど大切かということさえ伝わればいい。

どうやらハイダルも同じ気持ちだったようで、慧の肩に腕を回し、何度も優しく摩《さす》ってくれた。「ぼしかてーって、なんでしゅか？」と首を傾げるミシュアルには、「お母さんと子供だけで暮らしている家のことだよ」と頭を撫で、ひとまず納得してもらった。

「成敗していたら、そなたに恨まれていたところだったな」

間違いなく恨んでいましたと、わざとキッと睨みつけたら、「うっ」とハイダルが胸を押さえた。でも口の端は笑っている。冗談につきあってくれるノリの良さが嬉しい。

「持ち帰ってくださって、本当にありがとうございました」

改めて礼を言い、慧はデイパックを抱きしめた。バイト代で買ったばかりの画材を限界まで詰めこんだ宝物と再会できたのだ。この喜びは果てしない。

だが、中は大丈夫だろうか。カラーインクの瓶は割れていないだろうか。絵の具のチューブも潰れていないだろうか。緊張しながらファスナーを開け、おそるおそる覗いてみると……。

最初に目に入ったのは、たくさんのスケッチで埋まっているクロッキー帳。そして買ったばかりの、スケッチパッド。B4サイズで三冊千円の、セール品だ。

天糊《てんのり》タイプでこの値段は滅多にないから、少々重くても我慢しようと、三パックまとめ買いしたのだ。シュリンクされていたのはラッキーだ。おかげで角すら折れていない。

他の画材の状態は……と、祈る思いで手を突っこみ、次々に取りだしてはテーブルの上へ並べた。そのたびに笑みが零れる。

「ああ……よかった、無事だ。これも無事！　うわ〜、筆も折れてない。奇跡だ！」

嬉しくて口元が弛む。心が弾む！

取りだすごとに興奮を顕《あら》わにする慧に負けないテンションで、ミシュアルが目を輝かせている。慧と向かい合わせでテーブルに両手をつき、お尻を突きあげるようにして、両脚でピョンピョン跳ねる仕草が可愛い。

「なにこれ、なにこれ、なにこれーっ」

「画材道具だよ、ミシュアル」

「がじゃいどーぐ？　って、なんでしゅか？」

「くれよんとか、色鉛筆とか、画用紙とかのことだよ」

「くれよん？　いろえん……ぺつ？　ぴち？」

首を傾げられ、おや？　と慧は目を瞬いた。ミシュアルくらいの年齢なら、日常的にくれよんで絵を描いて遊ぶと思うのだが、違うのか？

「絵の具って知ってる？」

訊くと、ミシュアルが首を横に振った。隣のハイダルも、ミシュアルの隣に立つラーミーも、同様に首を傾げる。

まさかの反応だ。この世界へ来て初めて、慧がいた世界のモノを説明する場面に出くわした気がする。

説明するより見せたほうが早いと思い、慧はまず細長い箱のフタを取り、新品のアクリル絵の具を披露した。白いボディにそれぞれの色や英字のロゴをプリントしたチューブが、カラーチャートのようにずらりと整列しているさまは、いつ見ても心が躍る。

「きれ〜」

目をパチパチさせたのはミシュアルだけではなかった。なんとハイダルとラーミーも、興味津々で慧の手元を覗いてくる。

「それがエノグというものか？　美しいな。宝石のようだ」

「あの……、この国には、絵の具はないのですか？」

「ああ。こういったものは初めて見る」

「じゃあ、絵を描くときは、どうされるのですか？」

絵を描くとき？　と訊き返したハイダルが、ラーミーを見あげた。目で問われたラーミーが、両手をお腹の前で重ねたポーズのまま、「わかりません」と首を横に振る。そして、

「描くのは、太陽の仕事ですので」と、ポツリと言った。

「太陽の仕事……？」

ああ、と頷いたハイダルが、指や手首に飾った宝飾品を光に翳《かざ》した。すると、テーブルや床や壁面に、赤や緑、黄や紫の、美しい光が投影される。

「我々が日常的に使用するガラスの器や宝石は、太陽と相性がいい。その光によって、美しい芸術を至るところに生みだしてくれる。太陽は、創造主だ」

そうだったのか……と、慧は目を丸くした。

ガラスや宝石は太陽の画材――その発想に感動した。宝石なんて上流階級の人々の贅沢品でしかないと思っていたから。

「だから水差しはガラスで、ベッドの上のシャンデリアはゴージャスで、太陽光を取りこむ窓は大きくて、室内の壁や床は真っ白だったのですね。光のアートを楽しめるように」

太陽が作りだす芸術を鑑賞するための構造であり、インテリアだ。そう考えれば、天井も壁も床も真っ白というのは理に適《かな》っている。

意識して見てみれば、こんなにも広い室内に、絵画が一枚もない。太陽がガラスを反射するから、もちろん殺風景ではないが、絵がある生活に慣れ親しんできた慧には、やはり不思議な空間だ。この白い壁を、絵で埋め尽くしたい衝動に駆られる。

慧が自分の部屋にイラストを飾るように、この世界では光をアートとして捉え、日常的に楽しむ風習があるということか。なんて豊かな感性だろう。

「……慧、このエノグは、どう飾るのだ？」

チューブを翳して訊かれ、面食らった。そんなふうに陽に透かそうとする人は初めてだ。

「あー。これは、このまま飾るものではなく、これを使って絵を書くのです。このチューブの中に詰まっている粘土状の物質を、パレットや小皿に移して、それを水で溶いたりして、この筆を使って、この画用紙に……」

と、それぞれを指しながら説明するが、三人の頭の上にハテナマークが量産されるばかりだ。

この世界へ来てから自分ばかりが驚かされていたが、いきなり立場が逆転した。ちょっと愉快だ。

慧は美しく並んだ絵の具の中から三本を選んで取りだし、テーブルに並べた。

「スカーレットレッドは、ミシュアル。パーマネントライトブルーは、ラーミー。そして……エメラルドグリーンがハイダルです」

「瞳の色だな」とハイダルが頷き、「ハイダルたまの、おめめといっしょ！」と、ミシュアルが絵の具とハイダルを何度も見比べる。

「ぼく、これしゅき。エメラルドグリーン、しゅきっ」

そう言ってミシュアルがチューブに手を伸ばし、大切そうに両手で掲げ持つ。

「いーなー、これ、いーなー」

チラッチラッと視線を送られ、ギクリとした。これは……あれか？　子供特有の「これちょーだい」攻撃か？

絵の具が普通に手に入る世界であれば、断腸の思いでありながらも、「あげるよ」と言えただろう。言えた……かもしれない。言えたらいいな……と思う。

でも、絵の具という存在を王様が知らないということは、これを手放したら、二度と手に入らない可能性が高い。そうなれば、きっと、ものすごく後悔する。

慧は使いかけの絵の具箱を開いた。エメラルドグリーンを探してみるが……ない。そういえば、クリスマスのイラストでもみの木を描いたとき、緑系の絵の具は使い果たしてしまったのだった。

「自分の目の色は？　ミシュアル。この赤、すごく綺麗だよ」

代わりにスカーレットレッドを差しだしてみるが、ミシュアルは口をきゅっと窄《すぼ》めてプルプルと首を横に振る。慧の意図を察してくれたラーミーが、パーマネントライトブルーを指して交渉を持ちかける。

「私の目の色はいかがですか？　空の色ですよ、ミシュアル」

「ハイダルたまのおいろが、しゅきっ」

あっさりと交渉決裂。

だったら……と、慧はミシュアルの目を覗きこんで両手を合わせた。

「ミシュアル、ひとつ頼みがあるんだ。ベッドの横に置いてある、ガラスの水差しを持ってきてくれる？」


慧がしたことは、「肖像」を描いただけ。それも、わりとラフなタッチで。

それがまさか、ここまで驚かれるとは。

まず慧はスケッチパッドに鉛筆で、ハイダルの顔をデッサンした。模写は小さいころから得意だし、彫りの深いハイダルの顔は特徴がつかみやすくモデル向きだから、手数は少なくても、結構そっくりに描けたと思う。

そしてパレットに数色の絵の具を搾り、ミシュアルが持ってきてくれた水差しの水で伸ばし、色の濃度を調整して着色した。たったそれだけのことなのに。

「なんということだ……」

自画像を見つめて感嘆するのは、ハイダル。

「これが絵というものですか。ガラスに映しているわけではなく？」

実物とスケッチを見比べながら何度も首を傾げるのは、ラーミー。

なにをそんなに驚いているのか、慧には不思議でたまらないが……わからないなりに分析すれば、「絵を見たことがない」という信じ難い結論に辿りつく。

「ガラスに映る姿と絵は、まったくの別物です。いくらなんでも、そこまでそっくりには描けません」

恐縮する慧の正面では、ミシュアルがぽかんと口を開けている。

「ハイダルたまが……ふたり」

慧はスケッチパッドからその絵を外すと、「はい」とミシュアルに差しだした。

「ミシュアル、絵の具をあげられない代わりに、この絵はどう？」

慧が差しだした一枚をジーッと見つめていたミシュアルが、おそるおそる両手を伸ばし、まるで卒業証書授与式のように、スケッチをうやうやしく受け取ってくれた。

余白部分をつまむ小さな手の、ちょっと震えている指先から、ミシュアルの感動が伝わってくる。自分の絵がこれほど喜ばれるとは。慧自身も感動で震えそうだ。

「……いいのでしゅか？」

「もちろん。俺がミシュアルにプレゼントしたいんだ。もらってくれる？」

「うわぁ……」

ミシュアルがスケッチとハイダル本人を交互に見つめ、大きな瞳をますます見開く。

「あああぁ、ありがとうごじゃいましゅ！　おおおおおむねが、ドキドキでしゅっ」

「こっちこそ、ありがとう。喜んでもらえて嬉しいよ。……あ、まだ目のエメラルドグリーンが濡《ぬ》れているから、触っちゃダメだよ。乾いたら、ミシュアルの部屋に飾ってね」

「はいでしゅっ」

嬉々《きき》として頷くミシュアルに目を細めていたハイダルが、慧の肩を抱き寄せ、何度も摩る。ハイダルらしからぬ落ちつきのなさから、興奮度が伝わってくる。

「私の言ったとおり、やはりケイは太陽だ。我々の姿を易々《やすやす》と描き、命のかけらを映しとる太陽の所業だ。驚くべき才能だ！」

「いえ、あの、そんな大層なものではなく、絵心があれば、これくらい普通に……」

「これのどこが普通だ？　私には魔法に見えたぞ」

大袈裟な……と呆れるのは慧ひとり。ラーミーまでも目を輝かせて「魔法です」と賛同し、ミシュアルに至っては頬が真っ赤で、いまにもスケッチにキスしかねない。

にわかには信じ難いが、どうやら絵のない世界へ飛んできたらしい。

ウソみたいな話だが、信じない理由が見当たらないから、信じるしかない。

そもそも、死んだはずの自分が異世界で「生きて」いること自体、ウソみたいな話なのだから。

太腿を傷めたことがある人ならわかってくれると思うが、とにかく歩きづらい。ベッドから下りる際、少し体重を載せただけで激痛が走るため、怖くて一歩を踏みだせないのだ。

でもハイダルの寝室は、とても広くて快適だから、ずっと部屋にいてもまったく飽きない。その広さがどれくらいかというと、慧が母と生前暮らしていた２ＬＤＫのアパートの床面積を一部屋として比較した場合、十部屋分に相当すると思われる。

その広々とした部屋の床も壁も天井も真っ白で、アーチ型の窓は大きくて、開放感は文句ナシ。睡眠時にはライオンと化すハイダルに、なぜか毎晩腕枕で添い寝される大きなベッドも、真っ白なシーツで整えられて清潔の極みだ。

籐《とう》に酷似した風通しのよいテーブルセットや、ひとりで丸くなりたいときにちょうどいいサイズ感のカウチソファも、下に敷かれた絨毯も、慧の心にしっくりくる。半年ほどこの部屋に閉じこめられても問題ないと断言できるほど、快適だ。

だから慧はここへ来て三日目の今日も、スケッチに時間を費やした。卒業制作用の絵本に着手しようと最初は思ったが、それ以上に心を動かされた素敵な「モデル」に出会ってしまったから、まずはそれを思いきり描きたい。

描きたいと思うこの瞬間に描くからこそ、筆が乗り、絵が躍動する。わくわくする気持ちを追いかけながら描くのが楽しくてたまらず、慧は鉛筆を走らせ続けた。

脚が痛くても手は動く。時間も無限だ。描かない理由はひとつもない。

絨毯にペッタリと腹這いになって寝そべるナージー・ジュニアは、体を預けるのにちょうどいいサイズだ。犬で喩えるなら、大型のセントバーナードか。

「ねぇ、ジュニア。きみを背もたれにしてもいい？」

一応は礼儀として断りを入れてから、慧は床に足を伸ばした。そしてナージー・ジュニアの脇腹《わきばら》のあたりに背をくっつけ、クッション感を確認する。

「うん。体の硬さ……っていうか柔らかさが、ちょうどいい」

頷きながらナージー・ジュニアの脇腹を叩いたら、タポタポと太鼓のような音がして、慧は思わず噴きだした。と、「ンメェ～」と、ヤギのような声で抗議され、ごめんごめんと謝った。なんだかもう、ずっと昔からこうして過ごしていたかのように愛おしい。

幸せな気分のまま、慧はクロッキー帳と鉛筆を手に、正面で「おすわり」をしているモデルに声をかけた。

「動かないで、そのままだよ」

瞳孔を真ん丸にしたジャファルが、前脚をまっすぐに伸ばす。耳の先端のアンテナ……長毛が、垂れそうで垂れないと思ったら、なんと三つ編みにされている。たまにラーミーが自分の銀髪を三つ編みにしているから、もしかしたらラーミーの仕業だろうか。

「三つ編み、そのまま描いちゃおうか。……ジャファル、耳をまっすぐに立てて」

「ギニャ」

「偉いぞ、ジャファル。俺の言葉がわかるんだね」

「ギャ」

「ほんとに？」

「ブニャ」

「ほんとは全然わかってない？」

「ナーォ」

「どっちなんだ……」

「ミュー」

まぁいいや、と慧は笑った。笑いながら手を動かし、ジャファルをスケッチし続けた。とはいっても、ジャファルがジッと「おすわり」してくれるのは五分程度だ。そのうち前脚をペロペロ舐めたり……それもスケッチするけれど、後ろ脚を垂直に伸ばして毛繕いを始めたり……それも描くけれど、完全に飽きるとぴょこっと尻尾を立てて、トットット……とバルコニーへ移動してしまうその歩き姿も、追いかけるようにして右手を動かすけれど。

ただ、もうちょっとジッとしていてもらいたいときは、「頼むよ、ミシュアル」と助っ人を呼び、静止を手伝ってもらうのだ。

例の豪華なラタンの肘掛けイスに深く座り、飽きもせずハイダルのスケッチを眺めているミシュアルが、ハッとしてイスから飛び降り、トットット……と小走りにやってくる。赤いトーブが今日も眩しい。スカーレットレッドの瞳は、もっと眩しい。

「なんでもいってくだしゃい」

「ありがとう。ジャファルの横顔をスケッチしたいんだ。ジャファルを抱っこして、横を向いて、じっと座っていてくれると助かるんだけど」

「おやすいごようでしゅ」

古風な返事で和ませてくれたミシュアルが、「すこしおまちくだしゃいね」とスケッチのハイダルに声をかけ、イスの座面にそっと置き、テッテッテ……とバルコニーへ消えた……と思ったら、ジャファルを抱いて戻ってきた。どうやらジャファルは不服なようで、無言で牙を剝いたまま、目を吊《つ》りあげている。

「そこまでイヤな顔しなくても……」

ジャファルの無言の抗議に困惑しながらも、その顔もしっかり描く慧である。

「窓のほうを向いて、ジャファル」

「ジャファル、まどをみるでしゅ」

「そのままストップだよ、ジャファル」

「ストップでしゅよ、ジャファル」

慧が頼んでもスルーするジャファルは、ミシュアルが間に入ると俄然《がぜん》素直になるから不思議だ。ただ、ミシュアルに懐いているというより、ミシュアルの相手をしてやっているという感じではあるが。

「ジャファルは、ミシュアルの言葉がわかるんだね」

「ジャファルは、みんなのいうこと、わかりましゅ」

「でも俺の言葉は、わからないみたいだよ？」

「しょれは、わからないんじゃなくて、いうこときかないだけでしゅ」

……………子供に言われると、ちょっと傷つく。

ミシュアルと話している間に、牙を剥いている横顔を三枚描けた。怒るのに飽きたか、ジャファルがペロペロと前脚を舐め、顔を洗う仕草をしてくれたから、それも素早くスケッチした。

表情豊かなジャファルを、慧は注意深く観察した。目線を下げたり、左右から覗きこんでみたり、いろんな角度からジャファルの表情を切り取ってゆく。

「ジャファルって、誰の飼い猫？」

「かいねこ……って、なんでしゅか？」

訊き返されて、手を止めた。まさか飼い猫という概念がないわけではあるまい……と思うのだが。念のため、慧は別の角度から質問した。

「ジャファルのご主人様は、誰？」

「ジャファルは、ジャファルのものでしゅよ？」

野良猫ってこと？　と訊き返すと、グルル……とジャファルが喉を鳴らした、その直後。

「……――ジャッカルに追われ、傷を負い、群れから取り残されて絶命寸前のところを、砂漠視察中のハイダル王とナージーに救われた。九死に一生を得た稀《まれ》な経験により、潜在能力が開花。砂漠が別次元と繋がる際に発する大気の変化や、邪鬼の気配を感じとることが可能。自身のレーダー的能力が邪鬼狩りの役に立つとわかり、サラビア国王ハイダルの騎士として任命され、現在に至る」

「………ミシュアル？」

目を見開いたまま瞬きもせず、口だけを淡々と動かして語る姿は、なにかに取り憑《つ》かれているようでゾクッとした。

声をかけるのも憚《はばか》られ、黙って見守っていたら、ぷしゅ～と風船から空気が抜けるような音がして、ミシュアルがパチパチッと瞬きした。そして、「またやったな～、ジャファル～」と、ジャファルの頭に顔をこすりつけ、「もぉ～」と体を左右に揺さぶる仕草は、いつものミシュアルだ。

心なしかジャファルが笑っているように見える。この表情もスケッチ……と鉛筆を構えたものの、今回ばかりはミシュアルとジャファルのやりとりに驚きが勝り、手が動かない。

「ねぇ、ミシュアル。どういうこと？」

「と、いうことでしゅ」

ということですでは、全然足りない。

「突然どうしたんだ。大人みたいな話し方になったから、びっくりしたよ」

「あれはジャファルでしゅ。ぼくじゃありましぇん」

「……って、ジャファルが話してたってこと？　ミシュアルの声を使って？」

そうでしゅと頷かれ、マジか……と唖然《あぜん》とした。ジャファルがミシュアルに憑依《ひょうい》したと解釈すればいいのだろうか。

半信半疑でジャファルを見れば、「ふんっ」と鼻で笑われた……気がした。

「サラビア国王ハイダルってことは、この国の名前はサラビア？　騎士として任命って、国王直々に？　常任ってことは、ここはジャファルの職場ってこと？　飼われているわけじゃなくて、勤務してるの？」

矢継ぎ早に質問し、返事がなくてもセルフで納得し、すごいな～と感嘆した。

「特別な能力があるんだね、ミシュアルも、ジャファルも」

とくべつでしゅか？　とミシュアルが不思議そうに首を傾げる。

「ナージー・ジュニアも、おはなししましゅよ？　……母は砂漠の遊牧民ベドウィンに飼われていたが、風の強いある日、ランプの火がテントに燃え移り、人間はみな逃げた。繋がれていた母は、腹の中の命……私を守るため、自力で綱を切り、城を目指した。ハイダル王はじめ、王族たちの手厚い介助により、私は無事に産まれた。母は砂漠で育ったため、町飼いのラクダとは比較にならぬほど足腰が強い。よって母は、ハイダル王専属の視察馬として着任し、私も母の任務を継ぐべく訓練中である。──……って、ジュニアがいってましゅ」

パッと幼児口調に切り替わり、あどけなく微笑まれると、めちゃくちゃ怖い。

慧は自分が背もたれにしているナージー・ジュニアを横目で見た。パチパチと長いまつげを動かしたナージー・ジュニアが、ニコッと笑った……気配。

でも……と呟いたミシュアルが、ジャファルの耳の三つ編みを撫でながら頬を染める。

「ハイダルたまのほうが、もっと、もっとすごいでしゅ」

「そうなの？」

無意識に声が明るくなった。慌てて咳払いし、「例えば？」と興味を抑えつつ訊ねたら。

「かりでしゅっ」

嬉々として言い放ったミシュアルが、両手でジャファルを持ちあげ、「うおーっ」と吠《ほ》えた。そしてグルグル回って、「ガオーッ」と荒ぶる。

宙でぶんぶん振り回されても、ジャファルは怒ったり嚙みついたりすることなく、ガオーどころかニャーとも言わない。悟りを開いたような諦め感が漂っている。

「狩りって邪鬼狩りのこと？　前にハイダルから少し聞いたよ。いつか目撃する日が来るであろうって」

ピタ、と動きを止めたミシュアルが、ジャファルを右脇に抱え、両足を踏んばる。

「はいでしゅ。じゃきがりでしゅ。しょれはしょれは、おしょろしくて、えたいのしれないくろいモクモクが、しゃばくをウワーッておおうのでしゅ」

ウワーッで両手を振りあげたタイミングで、ジャファルがピョンッと床に降りた。トトトッと小走りにこちらへやってきてナージー・ジュニアにピトッと身を寄せ、慧の隣で呑《のん》気《き》に毛繕いをはじめる。

ここはひとまず小休止だ。ミシュアルの話が面白すぎて、スケッチに集中できない。クロッキー帳を閉じて脇に置き、慧はミシュアルを手招いた。とことこやってきたミシュアルが慧を真似て床に座り、逃げようとしたジャファルを捕まえ、膝に乗せ、ジャファルの顔を両手でモミモミしはじめる。

諦めムードのジャファルに目を細めつつ、慧は興味津々で質問した。

「邪鬼狩りって、どんなふうに狩るの？　その得体の知れない黒いモクモクが、邪鬼ってこと？　前にハイダルが、王族の男たちは邪鬼狩りの際に獅子と化す……って言ったけど、ミシュアルも獅子になるのかい？　その場合、仔《こ》ライオンなの？」

ふわふわの髪が鬣になるところを想像しながら訊くと、ミシュアルが得意げに胸を張り、フフンと鼻の穴を膨らませた。

「ぼくは、たいまつでしゅ」

「たいまつ……って、燃える、あの松明《たいまつ》のこと？」

「はいでしゅ。ジャキは、まっくろもくもくで、みんなのあたまのうえに、ワーッてなって、おつきしゃまをかくしてしまうから、ぼくがボワーッてもえて、しゃばくをてらして、みんなのおめめになるんでしゅ」

「みんなの目に？　すごいんだね、ミシュアルって。もっといろいろ教えて」

「いいでしゅよ。みみのあな、かじっぽじって……かっぽじぽって？　かぽじっぽてって？　きいてくだしゃい」

「耳の穴かっぽじって聞くんだね。はいはい」

そんなふうにクスクス笑ってミシュアルの話に耳を傾けていられたのは、ほんの十秒。

「ここからは、ジャファルがおはなししましゅね」

そう言ったかと思うと、ミシュアルがジャファルをぎゅっと抱き、その頭に顎を乗せた。

ジャファルの両耳の三つ編みがピンッと立ち、ミシュアルのこめかみのあたりでピルピルピル……と小刻みに震える。

「……サラビア国は、大きく分けてみっつの地域で構成される。ひとつは、この城。ハイダル王以下、五十名の騎士が住む。みなハイダル王の臣下であり、王族の獅子たちだ」

いましゃべっているのは、ミシュアル。でも、話しているのはジャファルだ。理解しているはずなのに、目が捉えるイメージと耳から入る情報の差で頭が混乱する。

「ふたつめは、城下。サラビア国の民の生活の場である。そこでは約三百五十の人々が、平穏かつ平和な暮らしを営んでいる。王族の主たる役割は、サラビア国の民たちを邪鬼から護《まも》ることにある」

気づけば真顔で聞き入っていた。ドラマティックな展開に、心臓がバクバクする。

「王族の役目って、国の統治とか貿易とかじゃないのか……。じゃあ、いわゆる警備隊ってこと？」

「王族は日常的に、城下と砂漠を警備して回る。いまもハイダル王を筆頭に、家臣たちの多くがラクダに跨がり、城下の警備に赴いている。また、民たちが砂漠へ向かわぬよう各所に関所を設けて見張り、サラビア国の治安を護る。それが王族の最重要任務である」

そうだったのか……と、慧は深く頷いた。王自らが先頭に立って行動するから、臣下も王を信頼するのだろう。それを聞いただけでも、指導者に恵まれた良国だと感動する。

「……ちなみに邪鬼とは、人々の心に悪意をもたらす闇であり、砂漠に現れる黒い存在を指す。時空の穴に潜んでおり、地表から約、大人ひとりの高さ相当の空間に、突如として蜃気楼のごとく出現する。その形態は黒雲であり、黒い炎でもあり、真っ黒な空洞でもある。黒いサソリに身をやつす場合もあり、砂漠に生息するサソリとの見極めは難しい。邪鬼を見落とせば風に乗って町へ流れ、人々の呼吸に乗じて体内に入りこみ、悪の種を植えつけるため、その前に阻止することが望まれる」

そして砂漠は……と、ジャファルに憑依されたミシュアルが淡々とした平板な口調で先へと進む。

「砂漠は異世界との中継地。邪鬼のみならず、死者が降り立つ場でもある」

「俺みたいに……ってこと？」

頷いたのはジャファル。ミシュアルは無反応で、スカーレットの瞳の奥をゆらゆらと揺らしながら、またたきもせず宙を見ている。完全に憑依だ。

ものすごい状況に立ちあっていることを自覚したとたん、肩に力が入り、手が汗ばむ。

「砂漠に降り立つ魂は、この世界で転生する。だが、拾われなければ砂漠の熱で焼かれ、やがて消滅する。もしくは邪鬼に喰《く》われ、闇のものと化し、永遠に時空の穴で餌を求めて餓《う》え続ける」

ゾォ……ッと背筋が凍りついた。

ハイダルが「拾い」に来てくれなかったら、慧はあのまま砂漠で焼け焦げていたか、邪鬼に喰われ、自身も邪鬼となる運命だったというわけだ。

一度は死んだ身でありながら、死を恐れるのは妙かもしれないが、怖いものは怖い。

慧は両手を胸の前で組み合せ、ギュッと固く握りしめ、ミシュアルの声に集中した。

「邪鬼は常に、我々の隙を狙っている。増殖させてはならない。城下に入りこませてはならない。善良なサラビアの民を闇に引きずり込む存在と、我々王族は全力で戦わねばならない。ゆえに王族は百獣の王の獅子となり、邪鬼を狩る。この国の平穏を守るために」

壮大なアドベンチャー・ストーリーを読み聞かせてもらったような満足感で、慧は思わず拍手した。サラビア国にとっては現実であり、決して創作ではないのに。

ミシュアルが口を閉じたタイミングを見計らって、「質問」と口を挟んだ。

「砂漠に降り立った死者は、俺も含めて何人くらい？　みんな、この城のどこかに？」

「砂漠で拾った魂は、そう多くはないが……」

言いかけて、ミシュアルがプツッと言葉を切った。そして、「城内ではなく城下にて、サラビア国民として生活する」と、人数の回答をすっ飛ばした。ジャファルの憑依が一瞬途切れたのか、それとも理由があってのことか。

「拾った魂は、みな城下へ送り届ける。大人は仕事を得、子供は家族を得て暮らす。城には男の王族もしくは、王族と同等の能力を持つ者以外、住むことは許されない」

飛ばされた質問も気になるが、王族以外は城に住むことを許されないというのは、慧にとって衝撃の事実だった。

俺は？　と、慧は自分を指さした。

「俺は、ここにいていいの……かな？」

不安を口にすると、ミシュアルがパチパチッと目を瞬いた。同時にジャファルが床に飛び降り、トトトトッとドアを目指し、ふいに立ち止まってこちらを振り向き、「ニャー」とひと鳴きしてから出ていってしまう。

憑依が終わったらしい。長いまつげに縁どられた赤い瞳の焦点が、慧に定まる。いつもの四歳のミシュアルだ。

ふぅーとミシュアルが息を吐いた。見れば額に、うっすら汗を浮かべている。慧はミシュアルの額に自分のトーブの袖を押し当て、拭いてやった。

されるがままに額を突きだしていたミシュアルが、「つかれましゅ……」と言ったから、とっさに「ごめん」と謝り、抱きしめた。ついでに、その小さな背中も優しく摩ると、ふふ、と身をくねらせて笑ってくれたから、ホッとした。

「ごめんね、ミシュアル。もしかして、憑依って相当のエネルギーを使うの？」

「ひょーい？　ジャファルのこえをきくことでしゅか？　はい、とってもつかれましゅ」

うわー、と慧は天を仰いだ。知らなかったとはいえ、こんな幼い子に、過分な労働を強いてしまった後悔は大きい。

もう一度、ふぅ……と息を吐いたミシュアルが、ニパッと笑う。

「ジャファルのおはなし、わかりましたか？」

「うん、だいだいわかった。聞かせてくれて、ありがとう」

「ハイダルたまのかっこいいとこ、ちゃんとおしえてくれましたか？　ライオンになって、ガーッてたたかうとこ、しゅっごくかっこいいとこ、ききましたか？」

訊かれて、慧はきょとんとした。それは、どの件《くだり》を指しているのだろう。ガーッと戦うエピソードは、聞いていない気がする。

「……ミシュアルも、ジャファルの話、聞いてたよね？　っていうか、しゃべってたよね？」

訊くと、んー、とミシュアルが腕組みをして首を傾げた。

「とちゅうで、ちょっとねんねしちゃいました」

「そ、そうなの？」

ガクッとした。でも、ひとつハッキリしたのは……。

「ミシュアルは、本当にハイダルが好きなんだね」

「もちろんでしゅ！　だい、だい、だぁーいしゅきでしゅっ」

顔を真っ赤にして立ちあがり、両拳を振りあげて「だいしゅきーっ」と叫ぶミシュアルは、間違いなくハイダルの大ファンだ。

身近な人にこれだけ慕われているのは……とくに子供に好かれるのは、善人に違いないと思う。それは、会った瞬間から感じていた。

脱水に喘《あえ》ぐ慧に水を飲ませてくれた、あの唇の優しさも含めて。

「ケイたまは？　ケイたまもハイダルたまのこと、しゅきでしゅか？」

「え……っ」

いきなり質問されて、返答に困った。どういう意味の「好き」だろうと、少し勘繰ってしまったからだ。子供の質問なのだから、大人の「好き」とは意味が違うに決まっているのに。

「まままま、ましゃか、キライでしゅか……？」

どん引き顔で震えられ、慌てて否定した。

「ま、まさか！　そんなわけないよ。大好きだよ、うんっ」

でしゅよね～と安心してくれたと思ったら、ふいに慧の前にペタッと跪《ひざまず》き、真正面からキッと睨まれた。

「いけましぇんっ」

「……え？」

なぜか叱《しか》られた、その理由はといえば。

「ハイダルたまを、だいしゅきしていいのは、ぼくだけでしゅ！」

ぷくーっと頬を膨らませるミシュアルの可愛らしさに、我慢できずに噴きだした。

「なぜわらうでしゅか」

「ごめんごめん、可愛くてさ」

ミシュアルの頭を撫でたとき、慧に賛同するかのようにクスクス笑いが聞こえた。振り返ると、ラーミーがドアをノックしている。

「ジャファルが呼びにまいりましたので、そろそろ休憩かと思いまして」

トレイを掲げたラーミーが、天井のシャンデリアが反射する床を滑るような足取りでやってきた。おやつ？　と、ミシュアルがウサギのように飛び跳ね、トレイを覗こうとする。

慧は床に広げていた画材を手早くまとめ、床に手をついて腰をあげた。ナージー・ジュニアが慧のお尻を鼻で押しあげ、さりげなく手伝ってくれるのが嬉しい。

「ありがとう、ジュニア」

「グゥーワァー」

「……どういたしましてって言ったんだよね。たぶん」

慧がジュニアの頭を撫でている間に、ミシュアルがテーブルの上にクロスを広げてくれた。そこへ並べられたのは、いつもラーミーがミシュアルのために作るという「本日のおやつ」だ。

「ミルクプリン〜っ」

わーい！　とミシュアルが万歳する。ミシュアルのおかげで慧もご相伴に与《あずか》れるのだから、嬉しくないわけがない。ミシュアルを真似て「わーい」と両手を挙げたら、「子供がふたりに増えました」と、ラーミーに笑われた。

パフェグラスに盛りつけられていたのは、星の形のフルーツと真っ白なプリン。どちらもミシュアルの大好物だ。

おいで、とミシュアルを手招き、ふたり並んでソファに腰かけ、慧が教えた食前の挨拶「いただきまーす」を一緒に唱え、同時にひとくちパクッと食べた。

「んーっ、おいちいっ」

「うん、美味《おい》しい！」

同じ感想に顔を見合わせ、噴きだした。ちなみにラーミーは飲み物以外の間食はしないそうで、昨日も今日も、慧とミシュアルが食べるのを嬉しそうに眺めるばかりだ。

「お怪我の具合はいかがですか？　ケイさん」

「あ、はい。おかげさまで。こうして座っているぶんには、ほとんど痛みを感じなくなりました」

「それはよかった。この部屋から出られず退屈かもしれませんが、もう少し我慢してくださいね」

「退屈どころか、楽しいです。創作に没頭できる環境だから、まったく苦になりません」

微笑んだら、「そんなにも絵がお好きなのですね」と、真顔で感心されてしまった。

でも慧にとっては、これが普通だ。睡魔さえ襲ってこなければ、永遠に描き続ける自信がある。そもそも生前は、睡眠時間を削ってでも課題に取り組んでいたのだから。

「それほど集中していらっしゃる最中に……」

と、ラーミーがプツッと言葉を切った。そして、ミルクプリンの最後のひとくちを、つるんっと口に含んだミシュアルを盗み見て、声を落とす。

「お邪魔ではありませんか？」

ミシュアルが……と名指ししないところが、さすがラーミーだ。だがラーミーの気遣いも虚《むな》しく、「おじゃまじゃないでしゅっ」と、勘のいいミシュアルが顔を撥ねあげて反論する。

「ジャファルをだっこして、おてつだいしたでしゅ」

「お手伝い？　本当に？」

優しく訊ねるラーミーに、慧はミシュアルに代わって返答した。

「ミシュアルのおかげで、ずいぶんスケッチが溜まりました。……手伝ってくれてありがとう、ミシュアル」

ふわふわの金髪を撫でながら、「星のフルーツ、食べる？」とパフェグラスごと差しだし、「取っていいよ」と促すと、ミシュアルが目を輝かせ、チラッと横目でラーミーを見た。

美しい眉間にシワを寄せ、気難しい顔でラーミーが腕組みをする。だが、どうみてもこれは演技だ。なぜなら唇の端がヒクヒクして、笑いたいのを我慢しているのがありありとわかる。

「まぁ、そうですね。お手伝いのお礼であれば、特別に、いただいてもよろしいかと」

案の定、すんなりと許可が出た。

わーい！　と喜ぶミシュアルに、慧はラーミーと目を合わせ、今度こそ大笑いした。

一度死んだのは夢だったのか？　と、都合よく錯覚しそうになる。

喉《のど》も渇くし、お腹も空《す》く。眠くなれば、あくびも出る。肉体的な感覚は、以前とほとんど変わらない。もちろん生前の生活ではあり得ない、至れり尽くせりの環境ではあるけれど。

そのうえ、目覚めたらいつも雄ライオンに腕枕《うでまくら》されているという、摩訶《まか》不思議なシチュエーションでもあるけれど。

良くも悪くも、人は慣れる。

どんなに不思議な世界でも、いつしか適応し、順応し、場所に染まる。

死んだとか転生したとか、アラブに雰囲気が似ているとか似ていないとか……知っているカテゴリーに押しこんだり、無理に辻褄《つじつま》を合わせたりするよりも、いまここで見て、聞いて、感じたことをシンプルに受け入れ、上書きしていくべきなのだろう。

慧の「生きる」時間が進みだすとしたら、それが叶《かな》ったときだ。


今夜も夜風が優しく凪《な》ぎ、至って平和で穏やかな夜だ。

慧の心の、ほんのわずかな翳《かげ》りを除けば。

城下を見渡す広い石造りのバルコニーで、今夜も慧は、ハイダルと夕食を摂《と》る。

ここへ来てから、毎晩ふたりで食事をしている。ただし完全にふたりきりというわけではなく、最初から最後まで三人の家臣が給仕についてくれるという贅沢《ぜいたく》さだ。

自分だけ特別扱いを受けている感じが否めないから、先日もラーミーに、それとなく訊《き》いたのだ。なぜ自分だけが、国王と食事を摂るのでしょうかと。

すると、「ハイダル様のご要望です」と、サラッと……本当にサラッとあっさり流されてしまったから、その先を聞きそびれた。

だから今夜もこうしてバルコニーで……俗っぽい表現で恥ずかしいが、まるで異国の高級リゾートホテルのスペシャルディナーに招待された客のような緊張感で席に着いている。

なにせ初日にバルコニーから城を振り仰いだとき、驚きすぎて変な声が出たのだ。ター
ジ・マハルのような外観に。あれはアラブではなくインドの世界遺産だが、そのタージ・
マハル似の城にアラブの装束とくれば、誰《だれ》が見ても某有名アニメの世界だ。
大好きだったあの世界で、王様と食事だなんて、やっぱりいまだに緊張する。
自分の食事は自分で作り、使った食器は自分で片づけるのが当たり前の家庭で育った。
毎日のランチは、専門学校の外階段に座って菓子パンやコンビニ弁当をつつくのが常だっ
た。その生活から一変し、給仕が三人つくという状況で時間をかけてフルコースに舌鼓を
打っているのだから、緊張するなというほうが無理だ。
ただ、居心地が悪いわけではない。言ってしまえば心地いい……というか、心が弾む。
それに、ハイダルの家臣たちはみな、友好的で穏やかだ。慧も給仕サイドで彼らと一緒に
働きたいと思うほどに。
ふと見あげれば、満天の星。視界が星に埋め尽くされる。降ってくるのでは……と怖く
なるほど近くに感じる。太陽との距離が近い世界だが、夜は夜で月が大きく輝いている。
視線を下ろせば、大きなガラスの丸テーブルに、満月と星が映りこんでいる。まるで夜
空のテーブルクロスだ。
シチュエーションもカトラリーも提供される飲食類も、別世界で、天国で……って、そ
うだった。慧にとっては実際に別世界で、天国なのだった。

「ケイさん、お体の調子はいかがですか？」

「はい。おかげさまで、ずいぶん良くなりました」

「それはよかった。今夜もたくさんお召し上がりください」

「はい、ありがとうございます」

「歩けるようになったら、城の中をご案内しましょうね」

「楽しみです。よろしくお願いします」

笑顔で会話しつつも、こんなに幸せでいいのだろうかと、不安が過《よ》ぎる。

自分がこんなふうに笑っている間も、二十年生きたあの世界で、時間は当たり前のように進んでいるに違いなく、もう考えても仕方のないことを、幸せの最中にわざわざ思いだしては心を乱し、慌てて視線を遠くへ逃がす。この繰り返しだ。

すべてを忘れていられるのは、作品作りに没頭しているときだけ。

慧はブルンッと頭を振り、ハイダルの目を覗《のぞ》きこんだ。

「あの……、足が治ったら庭園に下りて、噴水周りやお城をスケッチしてもいいですか？」

「もちろんだ。この庭や建物が気に入ったか？」

「はい。いつも手入れが行き届いていて、見ているだけで心が落ちつきます」

「綺麗《きれい》なモノや場所には、エネルギーが宿る。邪鬼を寄せつけない魔除《まよ》けの力だ。とくにガラスは、あらゆる場所に光を届ける。風がガラスを揺らすことで、闇《やみ》をも照らすことができる。邪鬼に、つけいる隙《すき》を与えない」

「掃除の行き届いた部屋に、埃《ほこり》が溜《た》まらないのと似てますね」

庶民的な返しをしたら、わかりやすい喩《たと》えだなと、ハイダルが肩を揺らした。

優しい表情に照れてしまい、慧は視線を庭へ逃がした。二階といっても、このバルコニーはずいぶん高い位置にある。少し上体を傾けて見おろせば、獅子《しし》の彫刻の噴水が気持ちよさそうに水を吐きだしている光景も楽しめる。

その噴水を何重もの円で囲むようにして、規則正しく植樹された庭園は、月光が創りだす木々の影すら美しい。どれだけ眺めても、まったく飽きない。

さらに視線を先へ延ばせば、見るからに堅牢《けんろう》な「南の城門」があり、それを中心にして東西に渡る城壁は肉眼で端を確認できないほど遠くまで伸びている。

その南の城門と城壁の向こう側に、暖かい色をした灯《あか》りの集まる場所がある。あれが城下……サラビア国の民が生活を営む町だ。

邪鬼が降る北の砂漠は、町とは反対側に位置する「北の城門」の外にある。そして城は、南の城門と北の城門の間にあり、王族の獅子たちが優雅に暮らし……ているのは平穏時のみ。有事の際には獅子の王族たちが出陣する「最前線基地」として、ここに構えているわけだ。

ただし、日常的には弱々しい邪鬼が砂漠にふわりと湧《わ》く程度で、「有事」とされる大量の邪鬼狩りは、数年に一度のことだとか。

その数年に一度の戦いに備え、王族たちは日頃から町や砂漠を巡回し、魔の手が及んでいないかを丹念にチェックするのだ。

権力を振りかざして民に労働を強いることもなく、威張り散らすわけでもない。王族ひとりひとりが得意分野で仕事を引き受け、生活しながら民を守る――慧が思う王族や貴族とはずいぶんイメージが異なるが、なんて素晴らしい国だ……と称賛の言葉が尽きない。これこそが本物の品格であり、強さだと唸《うな》るばかりだ。

さて、視線をテーブルに戻せば、給仕がグラスにシャンパンを注《つ》いでくれている。漂う柑橘《かんきつ》系の香りに、心が安らぐ。給仕にペコリと一礼し、慧はグラスをジッと見つめた。

「サウジアラビアって、アルコールは禁じられているはずなのに……」

そう呟《つぶや》いてから、毎回のように「違う違う」と首を振る。

ここは異世界。慧がかつて生きていた「地球」のどこを探しても存在しない国なのだから、似ている国に当てはめて考えると混乱する。

シャンパングラスから顔を起こすと、ハイダルの視線とぶつかった。そんなにジッと見つめられると、心臓がいくつあっても足りない。

「今日も、たくさん描いたのか？」

「……あ、はい。じつはスケッチを元に、絵本を作りはじめました」

「エホンとは、どういうものだ？」

「文章に、絵がついたものです。……違うか。主体が絵で、そこに物語が……っと、絵と文章で物語が同時進行して、それを一冊の本にまとめて……、あ、まとめる前に、印刷したほうがいいです。原画は一枚しかないので、製本は一番最後で……って、えーと」

思いのほか説明が難しい。語彙《ごい》力の無さに苦笑しつつ、すみませんと謝った。

「ややこしいので、完成したらお見せしますね」

あっさり説明を放棄した慧に、ハイダルが肩を揺らす。「楽しみだ。ぜひとも一番に見せてくれ」と、嬉《うれ》しい要望を口にしてくれるから、目尻《めじり》が下がる。

「もちろんです。時間がありすぎて、あっというまに完成しそうです」

「ケイの生みだす絵本とやらが、楽しみだ」

お世辞ではなく、本心からそう思ってくれているのがわかる。

慧は頬《ほお》の火照《ほて》りを感じながら、ありがとうございますと頭を下げた……のだが。

同時に、うしろめたさが湧いてきた。

だって、もうここへ来て十日になる。それなのに自分ときたら、毎日絵ばかり描いている。いまも、時間がありすぎて……などと、図々しいことを平然と口にしてしまった。普通だったらこんな日常、成立しない。

このままではタダ飯食らいだ。働かざる者、食うべからず。

あの、と慧は背筋を伸ばし、両手を腿《もも》の上で揃《そろ》えた。

「バイト……じゃない、えっと、仕事を——させてもらえませんか？」

「仕事？」

眉《まゆ》を撥《は》ねあげるハイダルに向かって、慧は身を乗りだした。

「城で、俺にできること……掃除とか食器洗いとか、ガラス磨きとか。なんでもします。寝食の心配もなく、朝から夜まで描いてばかりでは落ちつかなくて……」

「……いつも浮かない顔をしている理由は、それか？」

指摘されてハッとした。普通にしていたつもりだが、迷いは顔に出ていたらしい。こんなにも良くしてもらいながら、まだ心配をかけていたなんて、ただただ申し訳ない。

浮かない理由は、それだけではなく……と正直に打ち明けようとした口から出た言葉は、意に反して「大丈夫です」で、自分でもちょっと驚いた。

そして、その言葉を真実にするために笑おうとして、顔が引きつって失敗した。あげくに「すみません」と謝る始末だ。これでは余計ハイダルに気を遣わせてしまう。

「なぜ謝る？」

問う眼差《まなざ》しは優しすぎて、受け止めきれずに視線を逸《そ》らした。

「だって……その、王族の方々はみな外で戦っていたり、こんなふうに食事の準備や身の回りの世話までしてくれるのに、俺ときたら、なんの役にも立たなくて……」

「そなたの絵に、心が震えた」

唐突な返しに、え？　と首を傾《かし》げた。そんな慧に苦笑して、ハイダルがシャンパングラスを掲げる。透明な泡に月光が弾《はじ》けるのか、月光が泡を輝かせるのか。それともハイダルが眩《まぶ》しいのか。答えを曖昧《あいまい》にしたまま、慧はハイダルの説明に耳を傾けた。

「そなたが描いた私は、とても優しい目をしていた。私はそなたを、あのような顔で見つめていたことに気づかされた。そしてそなたも、私を好意的に捉《とら》えていると理解した。双方の気持ちが伝わる、いい絵だ」

「う……っ」

分析というより、ほとんど透視だ。自分ですら自覚していなかったことを、赤裸々に暴かれ、体がカッカと熱くなる。

「あの絵は、私への恋文であろう？」

自信たっぷりの笑顔で問われ、「違います」とドキドキしながら即答した。違うのか？　と訊くハイダルの目は……笑っている。

「いくらそなたが絵の才能に恵まれていようと、そこに気持ちが宿っていなければ、私の心は震えない。……だが私は、心を大きく揺さぶられた。あの絵は私を描いたようでいて、じつは、そなたの心の中を描いたのだ。慕っている……と。私はそのように解釈した」

「え……っと」

違うような、違わないような。でも、たぶんハイダルの指摘は間違いじゃない。そもそも気持ちを伝えようとしてハイダルを描いたわけではなく、画材道具の紹介のつもりで鉛筆を走らせただけだった。ラフだからこそ、自分が一番好きなハイダルをストレートに描いてしまった……気がする。

「答えは？　ケイ。そなたは私を慕っているのか？」

ハイダルが人の心を読む才能の持ち主なのか、それとも慧が、隠しごとがヘタなのか。

イエスかノーだけで答えてくれと求められ、仕方なく慧は首を縦に振った。

「イエスということだな？　ケイ」

「……ハイダルは、言葉が積極的すぎて困ります」

「積極的？　正直なだけだ。ケイの絵ほど饒舌《じょうぜつ》ではないが」

きっといま、顔は真っ赤だ。……あなたの優しい笑顔が好きです、あなたのことを、こんなふうに見つめていますと無自覚に告白したのも同然で、そのうえ、それをハイダル本人に指摘されるまで気づいていなかったことが恥ずかしい。

「私を好いているのか？　ケイ」

「………あの、ハイダル」

「なんだい？　ケイ」

「これ以上、虐《いじ》めないでください」

精いっぱいの抵抗でストップをかけたら、「可愛《かわい》いから、虐め甲斐《がい》がある」とボソリと言われ、えっ？　と顔を撥ねあげたら、苦笑ではぐらかされてしまった。

「まぁいい。時間はたっぷりある。私は答えを急がない」

ハイダルがシャンパングラスを持ち、揚々と掲げる。

「サラビア国王ハイダルが命じる。いまは存分に描くがよい。他ごとに気持ちを奪われずに」

そして慧のグラスにグラスを合わせ、グイッと一気に飲み干した。踏みだすことに躊躇《ためら》いがちな慧の背中を押してくれるかのように。

慧は反論を諦《あきら》めた。なにを言ってもハイダルのペースだ。巻きこまれ、慌ててばかりの気もするが、それもまた楽しい。

微笑《ほほえ》んで慧は言った。ハイダルのようになりたいです、と。

「私のように？　例えば？」

「自分の想いを、自信を持って言葉にできる人になりたいです」

憧《あこが》れを口にすると、ハイダルが目を細めて頷《うなず》いた。

「いい笑顔だ。そういう顔を、これからはもっと見せてくれ」

「それは命令ですか？」

「そうだ。命令だ！　といっても、笑いたくないときにまで、無理に笑わなくてよい。……笑えない話をひとつするなら、じつは今日、太陽が大地に隠れる間際、砂漠に邪鬼が現れた」

え、と慧は目を剝《む》いた。無意識にテーブルの端をつかんでしまい、いつもはびくともしないラタンのガーデンチェアがギシッと音を立てた。案ずるな、とハイダルが優しく首を振る。

「たまたまだ。偵察を終えて帰路につこうと身を翻した数メートル先に、突然黒い靄《もや》が湧いた。邪鬼が闇の穴に隠れるより早くナージーと突進し、サーベルを振るった」

「それで、邪鬼は……？」

「消滅した。王族のサーベルは、実体がない靄でも切れる。まだまだ微弱な邪鬼だった。獅子に変化するまでもない」

そう聞いて、慧は胸を撫《な》で下ろした。

王族は、のんびり巡回しているわけではない。つねに緊張感を持って任務を遂行しているのだと改めて知り、途切れない精神力に敬服した。

ただ、いつでも邪鬼に勝てるとはかぎらない。万が一にも飲みこまれ、闇に引きずりこまれるような事態になれば……。

……――ああ、だからか。

だからハイダルは、心を隠さないのだ。ときにはこちらが恥ずかしくなるほど、ストレートに好意を伝えるのだ。

人は、当たり前のように明日を迎えられるわけではないから。

慧が死んでしまったときのように、突然終わることだってあるから。

ケイ？　と呼ぶ声がして、ハッと顔を起こした。

「また考えごとか？」

優しい瞳《ひとみ》で静かに問われ、「いいえ」と誤魔化《ごまか》しかけた気持ちを飲みこみ、「はい」と認めた。そして、いつもなら恥ずかしくて言えないことを口にした。

「いつもそうやって俺のこと、ジッと見ているから……照れます」

好意を持っていることを見抜かれたのが気まずいわけではないが、自分だけが暴かれるのは不公平だと思ってしまった。

慧の気持ちを汲《く》んでくれたハイダルが、一歩どころか、二歩も三歩も歩みよる。

「どのようなそなたも見逃したくない。嬉しいことがあれば訊《たず》ねたい。心配があれば察したい。泣きたいときは、涙する前に胸を貸したい。だから私は、そなたを見ている。煩わしいか？」

「……………いいえ」

どう返せばいいのかわからなくて、慧はシャンパングラスに口をつけた。それでも頬の火照りは、なかなか冷めない。

ハイダルが話題を戻してくれたのは、おそらく慧が真っ赤になってしまったからだ。本当に、よく見てくれている。

「砂漠との戦いは、じつは邪鬼だけではない。我々の目を盗んで南北の城壁を越え、砂漠に忍びこむ商人がいるのだ。サソリを捕獲するために」

「サソリを捕獲……？　でも、邪鬼がサソリに化けていたら、危険ですよね」

「ああ。だが、サソリを干して挽《ひ》いたものは薬として重宝される。さらに、サソリの毒も高値で取引される。危険を冒してでも欲しいと思う者はあとを絶たない。よって、商人たちがサソリを狩る前に捕らえ、町へ戻すのも、我々の仕事だ」

「どの世にも、秩序を乱す者はいるのですね」

城にいると、善人だらけだと錯覚してしまうが、城下ではごく普通の人々が、まさに人らしく生活しているわけだ。そう聞けば却《かえ》って安心する。あまりに善人だらけだと、慧のように自分に自信のない人間は肩身が狭い。

「城壁より先へは行くなと命じても、目先の欲には勝てないのだろう。民の好奇心を抑えこむのは骨が折れる」

「あの……、民はサーベルを所持しないのですか？　邪鬼と戦うための。俺の国にも銃刀法違反っていう法律があって、拳銃を持てるのは警察官だけでしたけど」

「我が国では所持も使用も自由だが、民が振るうサーベルでは、邪鬼は切れない。この国の守り神である獅子の血を引く者が握るからこそ、邪鬼にダメージを与えられるのだ」

はぁ……と慧は感心した。王族には、それだけ特別な能力が備わっているわけだ。

そんな中に自分のような庶民が混じっているなんて、分不相応で不安になるが、自由に動けるようになるまでは、あれこれ考えても仕方がない。

「あ……そうだ。俺のように転生した人間は、城下に何人くらいいるのですか？」

訊くと、ハイダルが目を瞠《みは》った。あまりにギョッとされてしまったから、訊いてはいけないことを訊いてしまったかと、おろおろする。

でもハイダルは誤魔化さない。ふぅ、と溜め息はついたものの、テーブルに両肘《りょうひじ》をつき、口の前で両手を組み、ちゃんと慧の目を見てくれた。

「……そなたのように前世での務めを終えた者たちも、サラビアの民に混じって暮らしている。父王の代で七人、私が王位を継承したこの半年では、そなたが初めてだ」

鼓動が撥ねた。知りたかったことのひとつが明らかになったのだ。そしてまた、その人数の多さにも驚く。それだけの人が来ているのに、「絵」の文化がまったく広まっていないのが少しショックだ。絵心のある人は、ひとりも来なかったのだろうか。

「だが、死者の魂が砂漠に降り立ち、この世界に紛れて暮らしている事実を知っているのは王族と当人だけだ。その当人は、この城や城下の町で、安泰に生活を営みはじめるが

「……」

「はじめるが……、なんですか？　同じような人がいるなら、ぜひ会ってみたいです」

身を乗りだすと、ハイダルが静かに息を吐いた。そして、会えない、と言った。

「残念なことだが、慧のように転生を果たしても、空気となって完全に消滅する『浄化』を選択する者が相次いだ。いま、転生者はケイひとりだ」

「……って、なぜですか？」

「それぞれに理由は異なる。いつか、きちんと説明しよう」

ハイダルにしては珍しく、そこで言葉を畳んでしまった。

だからか……と、慧は心の中で呟いた。

以前ミシュアルがジャファルに憑依《ひょうい》された際……慧のような存在は、この国に何人いるのかを訊ねた、あのとき。

ジャファルは、わざと回答を拒否したのだ。

転生者数と在国者数が、合わないから。

転生しても、嬉しいと感じる者ばかりではないのだろう。過去の生活や家族や友人が忘れられず、悲しみから抜けだせない者もいるはずだ。

うまく気持ちが切り替えられず、順応できず、再び生きる意味を見いだせない者もいるかもしれない。

想像の範囲でしかないが、朧気《おぼろげ》ながら、わかる気はする。

たとえば自分に、とても愛する人がいたとしたら。長い年月を共に生き、自分の人生のほとんどが、その人との思い出で満たされていたとしたら。

その人なしに新しい世界を生きることは、場合によっては難しいのかもしれない。

会いたくて、会いたくて、気が狂いそうになるほど会いたくてたまらない相手がいたら。

その人のいない世界で生き続けることは、罰に等しい苦しみかもしれない。

「そんな相手がいる人が、羨《うらや》ましいな……」

無意識に零《こぼ》れたセリフが、小さな棘《とげ》のように喉を刺す。

レナは自分に恋してくれた。でも慧はその気持ちに背を向け、卑怯《ひきょう》にも避け続けた。

答えないまま死んだ慧を、彼女はいま、どう感じているのだろう。こんな卑怯な男のことなど、忘れてくれれば幸いだ。

でも、もしも、そうじゃなかったら――――。

ケイ？　と呼ばれ、はい……と上の空で返した。スープが冷めるぞ、と微笑まれ、見ればテーブルには、いつのまにか具沢山のスープと、ビーツのサラダが配膳《はいぜん》されていた。

「焦って理解しようとするな。理解は自然に降りてくる。そのときを静かに待てばよい。いたずらに自身を追い詰めるな。……よいな？　ケイ」

「……はい」

いま一番欲しかった言葉を大切に包んで渡されたような気がして、少し落ちついた。潤んだ目を見られないよう、慧はサラダを無心に食べた。変化や違いを受け入れる、これも大切な第一歩だ。

「今日のサラダも、すごく美味《おい》しいです」

「それはよかった。慧が褒めていたと料理長に伝えておこう。きっと喜ぶ。ケイはビーツが好物だと」

「はい、本当に大好物になっちゃいました。じつは学校の課題で世界の国々のイラストを描いたとき、アラビアの食材に登場して……」

この国の名はサラビアだと、不思議そうに首を傾げるハイダルが可笑《おか》しくて笑った。

「ケイは、そのアラビアという国に住んでいたのか？」

「あ……いいえ、俺がいたのは、日本っていう小さな島国です。だけどアラビアには、ずっと憧れていました。千夜一夜物語っていう、短編を集めた有名な作品があるんです。その中に、魔法のじゅうたんが登場する話があって……ああ、そうだ。このサラビア城にそっくりなお城が出てくるアニメもあるんです。お姫様に一目惚《ひとめぼ》れした貧しい男が、空飛ぶじゅうたんでお城へ飛んで、そのじゅうたんに乗ったまま、バルコニー越しにお姫様とキスを……」

キス？　とハイダルに訊き返され、慧は慌てて口を閉ざした。好きな話題だから、ちょっと調子に乗りすぎた。

「どんなキスだ？　試しに、私にしてみせてくれ」

唇をトントンと指でつついて催促され、「しませんっ」と慌てて返したタイミングでメインディッシュが運ばれてきて、ピンチから逃れた。

王族で最も体が大きく、立派な髭《ひげ》を生やした料理長のジュード直々に、料理の説明が始まった。羊の塊肉に何種類ものスパイスを揉《も》みこみ、スライスしたレモンを敷き詰めて焼いた伝統料理だそうで、説明を聞いているそばから口の中に唾液《だえき》が溢《あふ》れるほど、食欲をそそる香りで目が眩《くら》む。

「しっかり食べて、戦闘用の筋肉をつけてくださいよ、お客人」

「は、はい、頑張ります」

「ジュード。ケイは獅子になるわけではない。戦闘用の筋肉は不要だ」

それは失礼、とジュードが豪快に笑う。狩りの際にはジュードもライオンになるそうで、ハイダルの左側を守るそうだが、どう見ても剛胆な猛者《もさ》だ。

さて、メインの羊肉。ジュードがナイフを入れてカットする動作でわかるほど、ほろほろとして柔らかい。ちなみに慧が二百グラムで満足するとしたら、ハイダルはその五倍をペロリと平らげるのだから、驚異の食欲だ。ライオンだからと考えれば、当然か。

ジュードが下がると、慧はすぐにナイフとフォークを手にし、早速ひとくち頬張った。

そのジューシーさに、んーっと感動が溢れかえる。

そんな慧に張り合うかのごとく、ハイダルも肉の塊を平らげていく。その豪快な食べっぷりは、まさしくライオン。だがカトラリーの使い方が美しいから、好感度は急上昇だ。

「うん、うまい」

「とっても美味しいです。こんな柔らかい肉、初めて食べました」

「ジュードは狩りも見事だが、料理も凄腕《すごうで》だ。毎日楽しみにするがよい」

「いまから明日が待ちきれません」

頷き返し、目を見交わして微笑んだ。

ディナーのラストを締めるのは、スパイス入りのコーヒーだ。ここ数日で、やっとこの味に慣れてきた。

初めてこれを「コーヒー」として勧められたときは、慧の知っているそれとはあまりにも香りが違ったため、思わず顔を歪《ゆが》めてしまい、ハイダルを慌てさせてしまった。

「いろんな香りがして、美味しいです」

そう言いながら、今夜は余裕で味わった。ハイダルが嬉しそうに目を細めるから、慧まで嬉しくなってくる。

お腹が満たされたあとは、しばらく黙って城下の夜景に心を馳《は》せた。

距離にすれば、城門から一キロほどだろうか。だが建物の影や優しいランプの灯火は、離れた場所からもよく見える。そこで暮らす人々のシルエットは、残念ながら点々にしか見えないが、確実に誰かがいて、暮らしが営まれているのがわかる。

町に視線を落としたまま、前から気になっていたことを訊いてみた。

「俺が城にいると、仕事の邪魔ではないですか？」

「ケイがいても、仕事はできる」

即答してくれたうえに、「いなくなったら、仕事が手につかなくなる」などと、笑わせてくれることも忘れない。

「それに、いまケイが城下に移ってしまうと、逆に私の仕事が増える」

怪我《けが》人を邪鬼から保護するのは容易ではないと、楽しいばかりではない現実も補足され、わかりました……と納得した。

だが、怪我は早く治るに越したことはない。そしてサラビア国の民のひとりとして、この異世界で新しい生き方……というのは変だが、今度こそ正直に生きられたらいい。

見習うべきはハイダルだ。彼の言葉はまっすぐなのに、不思議と慧を傷つけない。

人の視線ばかり気にして、言うべき言葉を隠したり、無理に話を合わせたりして生きてきた慧とは大違いだ。

もう、悲しい思考を繰り返すのはやめよう。後悔しない生き方をしよう。

素直に、正直に、この世界で「生きて」みよう。

ありがたいことに、時間は有り余っている。

画材も新調したばかりで、運が良かった。こればかりは神に感謝だ。

画材が尽きたら……代わりになるものを探すまで。

慧はシュマッグをバンダナのように巻いて邪魔な髪をまとめ、首のうしろでキュッと縛った。そしてクロッキーを元に絵コンテを進めた。その枚数に従って、スケッチパッドから画用紙を外し、コツコツと準備を整えた。

一枚の紙も無駄にしたくなかったから、鉛筆を構える指先に念をこめ、線が揺れないよう息を詰め、一発勝負のつもりで下絵を描いた。その最中から、早くも画用紙の中で命が動きだす。

下絵をジッと見つめていると、自然に色が浮かんでくる。やがて空気が香り、風が吹き、主人公がしゃべりはじめる。あとは耳を澄ませ、無心にそれを追いかけるだけ。

主人公の活きがいいと振り落とされてしまうから、置いてけぼりを食らわないよう、慧は朝から晩まで筆を握り、色を作り、手を動かし続けた。

創作開始の二日目には、ハイダルが警備から戻っても気づかないほど集中していたらしい。ケイの意識が飛んでしまったと、やたらハイダルに心配され、このときばかりは気が抜けて、大笑いしてしまった。

三日目には、食事を摂る時間すら勿体《もったい》なくなり、夕食の誘いを断った。これまた心配してくれたラーミーが、吸い飲みと乾燥ビーツをトレイに載せ、筆立ての近くに置いてくれた。「ここに置かないと、ケイさんの目に入らないと思って」と。

それをありがたくつまんで腹を満たし、そのあとも黙々と描き続けた。

眠らないのか？　と、ハイダルに優しく訊かれたが、無言で首を横に振った。なぜか逆に目が冴《さ》えて、一向に眠くならないのだ。

四日目にはミシュアルが、「ミルクプリン、たべたいでしゅか？」と持ってきてくれた。

「ほんとうは、ぼくのでしゅけど……」と慧を見つめる目は悲しみで潤み、指先がぎゅっと器をつかんで離さないから、さすがに苦笑で断った。

でも、「ひとくち、どうじょ」と小さなスプーンを差しだしてくれる、その気持ちが嬉しくて、ありがたくひとくち頂戴《ちょうだい》した。

夜には、創作中の慧を囲むようにして複数のランプスタンドが置かれた。

いくら月が明るいといっても、手元に影が生じては描きにくかろうと察してくれたのはハイダルで、慧自身は、じつはそんなことにも気づかないほど作品世界に没頭していた。

絵筆を洗うための水を取り替えに立ちあがるたび、ナージー・ジュニアが慧のお尻を持ちあげてくれる。それに気づいたラーミーが、水の取り替えを手伝うようミシュアルに進言してくれたおかげで、慧は創作五日目に入っても、描くことだけに集中できた。

学校へ行って、バイトに入って、睡眠時間も確保して……の前世だったら、こうはいかない。


「……――――できた」


思わず零れた自分の声を、どこか遠くに感じながら、慧は筆から手を離した。

右腕の筋が攣《つ》っていることすら、心地いい。いま慧の胸を満たしているのは、達成感と充実感だ。そして、とんでもない疲労感と。

頭からシュマッグを外すと同時にイスにもたれ、ほーっと息を吐く。そして、凝り固まっている首をゆっくり解《ほぐ》しながら、外を見た。

アーチ型の窓に、光の輪郭が浮かびあがる。

創作開始から六日目を数える太陽が、今日も世界を照らしはじめる。

ひとつ申し訳なかったのは、ハイダルを部屋から追いだしてしまったことだ。

慧の集中を妨げないようにと、ハイダルは自主的に隣室で休んでいるらしい。

らしい……というのは、ハイダルがそう言ったような気がしたからだ。「隣にいるから、なにかあれば遠慮なく来なさい」と。

慧はイスから腰をあげ、この寝室と続きになっている隣室へ向かった。ドアはない。アーチの枠をくぐればいいだけ。それでも壁が厚いせいか、物音はほとんど聞こえなかった。……慧が集中していたから？　もしくは、物音を立てないようハイダルが気遣ってくれたから？　……たぶん後者だ。

初めて入った隣室は、ハイダルの寝室の半分ほどの空間だった。本来なら陽が射しこむだろう窓側に、カーテンと呼ぶには美しすぎる布が天井から床までたっぷりと垂らされ、ハイダルの安眠を守っている。そして、大小さまざまな植物と。

部屋の中央に、立派な籐《とう》製のソファベッドが置かれていて、ハイダルはそこで身を横たえていた。

金と黒の鬣《たてがみ》の、美しく雄々しい獅子の姿で。

慧に気づいた獅子の王が、目を開く。大きなエメラルドグリーンの目で黙って慧を見つめると、寝そべったまま、ゆっくりとした動作で片腕を持ちあげた。

慧は足を引きずるようにして、獅子の王が慧のために用意してくれた場所へ赴いた。そして、柔らかな体毛で覆われた優しい腕の中へ潜りこみ、しがみつくようにして身を横たえた。

背に回し、引き寄せてくれる腕が嬉しい。額に触れるふわふわのマズルが愛《いと》しい。舌先でペロ……と頬を舐《な》めてくる、その仕草が愛おしい。

獅子の温《ぬく》もりに顔を埋《うず》めたとき、この六日間まったく近寄りもしなかった睡魔が訪れた。

疲れきった心が、解れてゆく。

瞼《まぶた》が降り、指や肩から力が抜けてゆく、

「眠るがよい、ケイ。ぐっすりと」

はい、と返したつもりだが、声にできたかどうかは記憶にない。


「町へ……ですか？」

朝食を終えた席で突然言われ、慧はポカンと口を開けた。

そして、まだ乾燥ビーツが口の中に残っていたことに気づき、慌てて口を閉じ、咀嚼《そしゃく》して飲みこむ。

「ああ。バルコニーから眺めるばかりでは、つまらなくなってきたころではないか？

……絵本をまだ見せてもらっていなかった。持っていくがよい」

「絵本……といいますか、本の形は成していませんけど」

「それでもよい。どこか景色のいい場所を探そう。そこで、ゆっくり見せてくれ」

先に腰をあげたハイダルが慧の手を取り、立たせてくれる。ひとりで立てますといくら言っても、この王様は、都合のいいところだけは聞いちゃいない。

「ケイが私より創作に夢中だから、悔しくてたまらないのだ。だから今日は、終日私につきあってもらうぞ」

きっとケイを喜ばせる——。自信に満ちた顔で微笑まれ、腰に腕を回してドアの外へとエスコートされたら、断る理由がみつからない。


城で暮らす王族は、連日サラビアの町とサラビア砂漠を巡回すると聞く。

だから慧は、大名行列のような物々しさでの外出を想像していた。

例えば、ラクダの騎馬隊がハイダル王の前後左右を守るような配置につき、王族の巡回の際には町の人々が道の両端で頭《こうべ》を垂れ、跪《ひざまず》くような……。

だが、いざ町へ向かう段になり、頭の先から爪先《つまさき》まで完全なるサウジアラビア……じゃなくて、サラビア王国の衣装に身を包み、デイパックに絵本を入れて背負い、城から外へ出てみれば。

南の庭園の手前に広がるアプローチに伏せていたのは、ふたこぶラクダのナージーが一頭だけ。

「さぁ行くぞ、ケイ」

「行くぞって、あの、えっ？」

他の人は？　お付きの隊は？　まさか王様とふたりきりで外出？　王の警護は？　周辺警備は？　と、つい周囲を見回してしまう。

焦る慧を軽々と抱きあげ、ひょいっとナージーに跨《また》がらせてくれた白いトーブのハイダルが、自分もそのうしろに乗り、慧を守るようにして手綱を握る……が。

「……ケイ。この背中の袋は、わたしが背負っても構わぬか？」

クスクス笑って指摘され、慌てて背からデイパックを下ろした。前で抱えますのでといくら言っても、ハイダルは自分が持つからと譲らない。

ナージーが立ちあがる際、うしろ足が先に伸び、慧は「うわっ！」と前につんのめった。反射的にコブにしがみつこうとしたが、それより早くハイダルが腰を抱いてくれたおかげで落下を免れた。もしデイパックを前に抱えていたら、こうはいかなかっただろう。

続いてナージーの前足がピンと伸び、慧の視界もそれに準じて高くなる。

「ありがとうございます、助かりました」

「ラクダが立ちあがるときは、先にうしろ足、続いて前足。覚えておくがよい」

勉強になります……と恐縮しつつ、想像以上の高さにちょっと震えた。

ここへ運ばれた際にもナージーの背に乗ったはずだが、あのときはまったく意識のない状態だったから、ラクダに乗るのは今回が初めての感覚だ。

「大丈夫か？　ケイ。不安であれば、そなたと私をロープで結ぼう。決して離れないよう、しっかりとひとつに……」

「いえ、大丈夫です。ひとりで乗れるようになりたいので、頑張ります」

「私と結ばれるのが、そんなにイヤか？」

言ってもいないことで拗《す》ねられても困る。

「お気をつけて、行ってらっしゃいませ」

ハイダルと慧の外出を見送るのは、ラーミー以下、城に住む王族の面々だ。今日初めて見た顔もあれば、毎日の食事の世話をしてくれる給仕の三人もいる。

ただひとり、「ぼくもいくでしゅっ」とダダをこねているミシュアル以外は、みんな笑顔だ。

「いっつもハイダルたま、ぼくをのしぇてくれるのにっ。きょうはダメって、どうしてでしゅかっ」

「今日はいつもの巡回ではなく、デートだからですよ、ミシュアル」

デートと言われて、えっ！　と驚いたのは慧だけで、「そういうことだ。許せ、ミシュアル」とハイダルは陽気に笑っている。ラーミーに至っては、「念願成就を祈ります」と、眩しそうに目を細めている。

「念願成就って、なにか大切な願いごとでも？」

首をうしろに回して訊くと、ハイダルが顔を寄せてきた。

「今日一日で、ケイを私に惚れさせる。至ってシンプルな願いだ」

ストレートに言われ、心臓が飛び跳ねた。

間違いなく、鼓動の乱れに気づかれた。なぜなら、うしろから回されたハイダルの左《ひだり》掌《てのひら》が、慧の心臓の上を押さえていたから。そして、そっと宥《なだ》めるように撫でられたから。

恥ずかしくて顔を戻す際、避《よ》けきれずに受けてしまったのは、こめかみへのキス。

……惚れさせるというのは、冗談ではなく本気だろうか。ハイダルの本気を想像するだけで頭がくらくらして、いまにもナージーから落下しそうだ。

胸に添えられた手の大きさにドキドキしていたら、ナージーの足元でミシュアルがプンスカ怒っているのが目に入った。

「ハイダルたまは、ぼくのことがしゅきなんでしゅ！　ケイたまより、じゅっと！　じゅっとでしゅっ」

はいはいと言いながら、ラーミーがこちらへ目で合図する。早く行ってくださいと。

「ミシュアルは、私がミルクプリンで引き留めますから」

「ぼくはっ、しょんなこどもじゃ、ありましぇんっ！」

「おや、そうでしたか。では、もうミルクプリンは必要ありませんね」

「えっ？　えっと、しょれは……っ」

ミシュアルがもじもじしている隙に！　と給仕の三人が頭上で腕を振り回し、お急ぎくださいませ！　と料理長のジュードが町を指す。

ハイダルが高らかに笑ったのを合図に、ナージーが左右に揺れながら、南の城門に向かって前進する。

「砂漠の巡回は任せたぞ、ラーミー。ジュードは皆とともに城を守れ！」

「かしこまりました。ハイダル様も道中お気をつけて」

「お任せください。うまい肉を焼いて、お帰りをお待ちしておりますぞ！」

「ケイ様、行ってらっしゃい！」

「どうぞ、ごゆっくり！」

「い……、行ってきます」

暖かい声援を送られ、慧は照れながら一礼した。

やっとふたりきりになれたと笑うハイダルに、このときばかりは慧も黙って頷いた。

王様だ！　と声を弾ませ、白いトーブ姿の子供たちが石畳を駆けてくる。

農作業や機織《はたお》りの手を止め、建物から姿を現した大人たちも、笑顔でハイダルに大きく手を振る。

サラビアの民がどれほど王族を信頼し、国王ハイダルを慕っているか、歓迎ぶりを見ればわかる。そして国王ハイダルがどれほど民を愛し、細かなところまで目を行き届かせているのかも。

慧をナージーの背に残したまま、ハイダルがひらりと地に降り立つ。駆けよってきた子供たちを次々に抱きあげ、「みな、元気にしていたか？」とひとりひとりに声をかける。

「王さま、ぼく、母さまの代わりに、おりょうりをしました！」

「そうか。そなたの母上は出産したばかりだったな。偉いぞ、アリー」

「ハイダル王！　わたし、姉様のように数式が解けるようになりました！」

「それはすごい。ハウラは勉強熱心だ。すぐに、そなたの姉に追いつくぞ。頑張れ」

「はいっ」

ハイダルと子供たちの平和なやりとりに、町の民たちが目を細めている。そして慧に対しても、親しげに会釈してくれる。

人々に余裕が感じられる。国に守られているという安心感が、民の心を満たしているのだろう。

子供たちの中で一番の年長と思われる女の子が、ふいに言った。

「王様。こちらの方は、どなたですか？」

興味津々の目で見つめられ、慧はドキッとした。

ウソをつかないハイダルのことだ。「一度死に、この世界へ転生した魂だ」と正直に返す気がして、ナージーの上で身構えた。一度は死んだ身と知らされれば、子供たちは怯《おび》えるかもしれない。

ハイダルが慧を振り仰ぐ。おそらく慧は、顔に不安を刷《は》いていたのだろう。慧を安心させるかのように、こんな言葉で紹介してくれた。

「彼はケイ。私の大切なオレンジサファイヤだ」

おいで、と笑顔で差し伸べてくれたのは、逞《たくま》しい両腕。

ナージーが胴体をゆっくり傾ける。「お行きなさい」と、背を押してくれたようにも感じられ、心と体が軽くなった。

笑顔で待つハイダルの腕に、慧はふわりと飛び降りた。


「ここ、もしかして……」

こぢんまりとした石造りの建物の石段で立ち尽くし、慧はポカンと口を開けた。

インクの匂《にお》い、紙や布の束。そして大きな印刷機が一台。

「印刷所……」

「サラビア国唯一の、印刷所だ」

「太陽熱を遮るための布地に、模様を写す機械だ。動力は地熱。熱で読みとり、熱で写す。

こういったものは、ケイの国には？」

「動力は違いますけど、似たものはあります……」

まさかサラビアで文明の利器に触れられるとは……と漏れかけた本音を、とっさに飲みこんだ。サラビアの文化や経済がよくわかっていないのに。印象で決めるのは良くない。

予想外の印刷機の登場に啞然《あぜん》としている慧の横で、みごとな白髭の印刷所の所長が、ハイダルを拝むようにして深々と身を折っている。

「サリフ。今日はそなたに印刷してもらいたい作品を持ってきた」

まさか……と、慧は胸に拳《こぶし》を押しつけた。ドキドキして、興奮して、心臓が暴れて止まらない。

慧のデイパックを背から下ろしたハイダルが、「預けても構わぬか？」と慧に問う。その問いに頷きながらも慧は、そわそわしてハイダルを見あげた。慧の興奮を汲み取ってくれたハイダルが、フッと微笑む。

「そなたが申していたであろう？　私が、絵本とはどういうものかと訊ねたときに。……印刷したほうがいい、原画は一枚しかないと。だから、貴重な原画の価値を損なうことなく印刷が可能かどうか、サリフに相談していたのだ」

胸に手を当てたサリフが、今度は慧に向かって一礼した。慧も慌ててそれに倣った。

サリフのシュマッグが短いのは、作業の邪魔になるからと見た。いかにも職人といった風情の、痩身《そうしん》で神経質そうな目つきのサリフが、作業場の奥へ案内してくれた。そして大きな作業台に、無言で用紙を並べていく。

見ればそれは、ミシュアルにプレゼントしたはずの、ハイダルのスケッチだった。

正しくは、そのスケッチの複製画だった。

「ケイの絵と寸分違《たが》わぬ精緻《せいち》さで印刷できるかどうか、試し刷りをさせたのだが……。どうだ？　ケイ。サリフの印刷技術は」

慧はドキドキしながら作業台に顔を近づけ、サリフの仕事を確認した。

肌理《きめ》の細かい布、粗めのパルプ紙、滑らかな薄紙……。いろいろな種類の紙や布に、ハイダルの肖像が写されている。

そのうちの数枚に、とくに目を奪われた。掠《かす》れた鉛筆の線ですら滑らかで、非の打ちどころがないほど美しく再現されている。発色もいい。瞳に使用したエメラルドグリーンがわずかも退色していないどころか、塗りたてのように鮮やかで艶《つや》めいて、印象深い。

「こんなに忠実に再現できるなんて……」

伝える声が感動で震える。気づけば慧は、サリフの骨張った両手をつかみ、「ありがとうございます！」と叫んでいた。目を丸くしたサリフが、すぐに目元にシワを刻み、「こちらこそ、素晴らしいものを拝見しました」と返してくれて、心が震えた。

「紙は、とても貴重です。多くの木と水が必要です。調達には苦労しましたが、これは光栄な仕事です。あなたの作品は素晴らしい。もっと、あなたのお手伝いがしたい」

「あ……、ありがとう、ございます……っ」

しゃがれた声の優しさが沁《し》みる。泣いてしまわないよう、慧は懸命に笑みを保った。

それでは絵本の印刷にかかろう！　と、ハイダルが笑った。

笑いながら肩を抱かれ、激励するように揺さぶられ、嬉し涙で視界が霞《かす》んだ。


街並みが見渡せる窓辺の席で、サリフの奥さんが淹《い》れてくれたコーヒーを味わっている間に、初回の試作が終了した。日本のクイック印刷の倍の時間を要したが、それでも早くて驚いた。急《せ》かしたようで恐縮する。

気候のおかげで、印刷面はすぐに乾いた。試し刷りを束ねて持ってきてくれたサリフの顔は、満足げな笑みを湛《たた》え、紅潮していた。

「まずはすべて、一枚ずつ印刷いたしましたが……」

「したが、なんだ？　サリフ。正直に申すがよい」

促されたサリフが、入口からこちらを覗いているサラビアの子供たちへ視線を投じ、

「この国を愛する子供たちに、ぜひ見せてやってください」と、目を潤ませた。

印刷されたばかりの、まだ紙芝居のような状態のそれを抱え、慧は印刷所の外へ出た。

子供たちは、すぐに慧の周りに集まってきた。

「それなぁに？　不思議なもようがたくさんね」

「模様じゃなくて、絵っていうんだよ」

「絵って、なぁに？　どういうもの？」

「それをいまから見せてあげるね」

「紙の中にカラカルがいる。どうやって入ったの？」

「入ったのではなく、描いたんだ。絵の具を使って」

「絵の具って、なぁに？」

「そうだ、今度みんなで絵を描こう。そのときに見せてあげるよ」

子供たちの質問に答えながら、慧は石段に腰を下ろした。その慧を囲むように座った子供たちは、数えてみれば十人を超えている。なんと大人たちまで集まってきて、少し離れた場所に立ち、こちらを笑顔で見守っている。

肩越しに振り返れば、腕組みをして壁にもたれるハイダル王。その視線の優しさに守られるようにして、慧は初めての「読み聞かせ」をした。

［風を読むネコ］

猫は、顔をあげた。もうすぐ嵐《あらし》がやってくる。
嵐にまぎれて、魔物が砂漠に舞いおりる。

今夜は砂漠へ行っちゃだめだ！　サソリを狩りにいくのはやめて！
ネコのジャフは母さんをひきとめた。でも母さんは、ジャフの言葉を信じない。
風の声が読めるのは、ジャフだけなのだ。

「だいじょうぶよ」と母さんは笑った。
こう見えても母さんのツメは、強くて硬いの。魔物にだって負けやしない。
サソリを捕まえて町へ行き、おいしいものと交換してくるわ。
だから、いい子で待っていて――。

でも母さんは戻らなかった。太陽が三度のぼっても、帰らなかった。
魔物に連れていかれたよと、風がジャフに教えてくれたのは、
七度めの太陽が、砂漠にしずんだあとだった。

もっと強く引きとめていれば。

悲しくて、くやしくて、さびしくて、ジャフは三日三晩、泣き続けた。

おいしいものより、母さんと一緒にいたかった。

母さんがいてくれさえすれば、ジャフは幸せだったのに。

会いたい人は消えた。守りたい人は、もういない。

なにもかも失い、ジャフは絶望した。自分も母さんのところへ行きたいと。

砂漠の魔物よ、ぼくを連れてゆけ――。

月明かりに照らされて、ジャフは砂漠をとぼとぼ歩いた……と、そのとき。

グゥーワァーと、声がした。生まれたばかりのラクダの仔《こ》だ！

助けを求めて、叫んでいる！

ジャフは仔ラクダに駆けよると、持っていた水を飲ませた。

小さかった背中のコブが、少し大きくなって、仔ラクダは元気をとりもどした。

仔ラクダは、ひとりぼっちだった。

魔物がママをつれていったと、涙をながし、教えてくれた。

魔物を退治しよう。ジャフは、そう決意した。
こんな悲しい思いをするのは、ぼくたちだけでたくさんだ！

何日も、何日も、ジャフは砂漠で待ち続けた。大雨の夜も、砂嵐の真昼も。
仔ラクダと身を寄せあい、はげましあいながら、魔物が現れるときを待った。

仔ラクダのコブが小さくなる。水が足りない。命が危ない。そう思われたとき。
風が叫んだ。来るよ！　と。弱ったものを食らいにくるよ！　と。

ジャフは、空を見た。
ひとかたまりの黒い雲が、どんどんこちらへ近づいてくる！
仔ラクダを連れ去ろうして、空の魔物がやってくる！

ジャフは固いひげをピンと伸ばした。
アンテナがわりの耳を大きく広げた。
この日のために磨きぬいた、腰の剣をスラリと抜いた。

グオオオ――ッと空がうなる。黒雲が光り、稲妻が大地に突き刺さる。

砂漠が焼け、ほのおと煙が渦を巻く。

ジャフはあわてた。視界がさえぎられ、なにも見えない！


そのときだった。

ビュウッと強い風が吹き、ほんの一瞬、煙が消えた。

ジャフは目をこらした。さっきまで隣にいたはずの仔ラクダが、宙に浮いている！

黒い雲が渦になって、仔ラクダの体に巻きついている！


「友達を、返せ――っ！」

ぼくの母さんを帰せ、仔ラクダのママを帰せ！　返せ！　返せ！

一撃に全身全霊をこめ、渦状の雲に剣を突き刺した。


空が割れ、大地が揺れる。

黒い雲がねじれ、もがき、粒になって逃げようとする。

ジャフは無我夢中で剣をふるい、粒を切った。切って、切って、切り続けた。

粒は透明の水となり、乾いた砂漠に降りそそぐ。

地熱で水が弾かれ、躍り、蜃気楼《しんきろう》が出現したとき――。

「母さん！」

会いたかった母さんが、そこにいた。


仔ラクダも元気に駆けだして、大きいラクダに鼻を押しつけ、甘えている。

ジャフは泣いた。母さんにしがみつき、わんわん泣いた。

悲しみではなく、命が戻った喜びで。

そして、本当はちょっぴりこわかった魔物に勝てた、安心で。


こうして魔物は、砂漠から姿を消した。

これからはジャフの言葉を信じるわと、母さんは約束してくれた。

よかったね、と風が笑った。

ふわっと吹いた風が、ジャフと母さんのひげを優しく揺らした。

「……――おしまい」

最後の言葉で締めくくり、顔を起こすと。

「…………あれ？」

子供たちは全員、ポカーンと呆《ほう》けた顔をしている。そのうしろで垣根を作っている大人たちも、狐《きつね》に抓《つま》まれたような顔と言えばいいのか、唖然としている。

……これは、アレか？　面白いとか面白くなかったとかの前に、意味がわからなかったのか？

気まずい雰囲気から逃れるべく、ひとまず印刷所内へ逃亡を図ろうとしたとき。

「……すごい」

最年長の女の子が、ぽつりと言った。続いて、ここへ来たときに声をかけてくれたアリーも「体の中で、ドキドキがあばれている」と、ギュッとトーブの胸元をつかみ、目を輝かせている。

「ケイさま、もう一度！　もう一度お聞かせください！」

紅潮した顔で叫んだのは、数式が解けたと喜んでいたハウラ。

すると、他の子供たちも次々に立ちあがり、慧の周りに集まってきた。もう一回お願いします、もっと聞かせてくださいと、トーブをつかんで離れない。

「ジャフ、がんばったのですね！」

「たくさん、たくさん、ジャフをなでてあげてください！」

「かあさんがもどって、よかった～」

「仔ラクダに、おなまえつけてあげてもいーい？」

「わたしも凪さんに約束します。砂漠へは、絶対にいかない！」

「ぼくはジャフに約束するっ」

お願いやら感想やらを、次から次へと投げかけられて、ええと……と慧は困惑した。助けを求めてハイダルを仰ぎ見れば。

満面の笑みで首を左右に振りながら、小さな拍手を送ってくれていた。


「すみません、ハイダルに一番に見せると約束したのに……」

「なにを言うのだ、ケイ。約束どおり、一番に見せてくれたではないか。子供たちの笑顔を」

「ハイダル……」

「あの輝く目を見たか？　あれこそが私の見たかった世界だ。子供は、この国の未来を創る。その子供らに夢と希望を持たせるのが、我々の仕事だ」

そんなふうに言われると、感動で胸がいっぱいになる。

慧も、そうだった。絵本を読み聞かせてもらうのが大好きだった。小さな画面に目が釘《くぎ》付《づ》けになり、読む人の声に耳を澄ませて集中する。そして最後のページを閉じたあとに訪れる、なんともいえない脱力感と、緊張が解けて体がふわーっと暖かくなる瞬間と。

読む人によって物語の雰囲気や進む速さが変わるのも、読み聞かせの醍醐味《だいごみ》だ。だから、何度読んでもらっても飽きない。どんどん好きになっていく。

あの感動を、今度は自分が子供たちに与える立場になったのだ。……なれたのだ。

町から城までの道のりは、先日慧がバルコニーから目測したとおり、約一キロ。キャッスルロードと名づけられた石畳を、ナージーに揺られて城へ向かいながら、慧は延々とハイダルから絶賛され続け、ずっと夢心地だった。

「ケイ、そなたにはサラビア国の原石を磨き、宝石のように輝かせる力がある。この偉業がわかるか？　聞いたであろう？　砂漠へは行かないと断言する子らの声を。あれには驚かされた。なんと素晴らしき啓蒙だ。王族が危険を訴える何倍もの効果があり、価値がある。これは教育だ。ああ……ケイ、私はそなたが誇らしい！」

うしろから抱き竦《すく》められ、揺さぶられ、どう反応すればいいのか困ってしまう。

「なんとか言ってくれ、ケイ。喜んでいるのは私だけか？」

「………嬉しいです、けど」

「けど、なんだ？　そなたは少々謙遜《けんそん》が過ぎるぞ？」

そもそも専門学校では、ここまで褒められた経験がない。道徳的な作品は押しつけがましいとか、華やかさが足りないとか、作風がイマドキじゃないとか、担当講師は否定的な意見しか言わないし、流行のタッチで描ける学生のほうが就職の評価も高いから修正しろと、いつも方向転換を求められてきた。

慧はサリフが印刷してくれたひと束を、ぎゅっと抱いた。原画はサリフに預けてきた。何冊もの本に編み、子供たちに配ろうと、ハイダルが提案してくれたからだ。

慧の、初めての絵本が出版されるのだ。

光栄で、勿体なくて、この印刷……初校が手離せなくて、デイパックに押しこむ気になれなかった。大事に抱きしめて、城まで持って帰りたかった。

慧が抱えるそのひと束を一緒に守るように手を添えてくれながら、ハイダルが言う。

「ケイは現世でも、絵本を創っていたのか？　ゆくゆくは、それを仕事に？」

言おうか言うまいか迷って、はい、と頷いた。そして、じつは……と、勇気を出して告白した。

「現世で、文学賞の絵本部門最終選考に残っていたんです。もし、最優秀賞と優秀賞……上位二作品に選ばれれば、絵本作家として本を出版してもらえるという、夢みたいな賞でした。要するに仕事として、絵本と向き合える大きなチャンスで……」

照れながら伝えたあと、すぐに「まぁ、手の届かない夢で終わっちゃいましたけど」と、わざわざ話を片づけてしまう自分が情けない。

「どうしてもっと早く教えてくれなかったのだ？　絵本作家になりたいと」

ナージーの手綱を繰りながら、ハイダルが優しく訊いてくる。あまりにも優しいから、ちょっと甘えたくなってしまい、グチを零した。

「俺の夢なんて、他の人には関係ないと思ったので。それに、もう死んじゃったから、叶うこともないと思って」

湿っぽくなってしまったセリフに、ハイダルが甘さを足してくれる。

「ケイの喜びは私の喜びだ。無関係だと思わないでくれ。死んだから……などと諦められたら、この国で生きている我々はどうなる？　私が悲しむぞ？」

拗ねる口調で微笑まれ、トクン……と鼓動が弾んだ。ハイダルの行動力に、優しさに、思いやりに、どんどん気持ちが引き寄せられる。

うしろから抱きしめられたまま、肩に顎《あご》を乗せられた。左右に大きく揺れながら歩くはずのナージーが、こんなときだけ慎重に、まっすぐ歩こうとするのが可笑しい。

「ひとつ訊かせてくれ、ケイ」

「……なんですか？」

「私の念願は、成就したのであろうか？」

「念願って……――あ」

忘れていたのか？　と呆れられ、だって絵本の感動が大きすぎて……と本音を吐いたら、

「サリフめ」と、なぜか印刷所のサリフにとばっちりの矛先が向かって、笑ってしまった。

ハイダルの両腕が、ますますしっかりと慧を抱き寄せる。筋肉質な両腕ですっぽりと包み、大きな手で慧の肩や胸を撫でさすりながら、甘く囁《ささや》く。

「ケイ、答えてくれ。わたしは、そなたを惚れさせることができたのか？」

「えっと……」

こんな……体をぴったり密着させた状態で、ひとつのラクダで一緒に揺られ、夕陽が道を赤く染める最高のシチュエーションで、甘いセリフを囁かれる側の気持ちを想像してほしい。

耳に唇を這《は》わせながら、「ケイ、答えを」と催促され、どう答えればいいのか迷っているうちに顎を捕らえられ、少し喉を反らすようにして上を向かされ――。

唇に、唇が触れた。

まるで体が夕陽に溶けてしまいそうだった。

甘くて安らかな心地よさに包まれながら、慧は少しばかり泣きたくなった。転生してよかった……と、一瞬感じてしまった自分がうしろめたくて、悲しくて、心苦しくて、喜んでいいのかどうか、本当にわからなくなってしまって。

唇が離れたとき、ハイダルが言った。慧を、心から想う言葉を。

「このサラビア国の民たちは、平和なあまり、冒険に餓《う》えている。絵本を創れ、ケイ。そ

れを自身の任務とするがよい」

「任務……ですか？」

「ああ。以前、仕事がしたいと申したであろう？　サラビア国王ハイダルが命じる。民のために物語を紡ぐのだ。他の誰にもできない、そなただけの仕事だ」

「――――はい」

叶わなかった絵本作家へのレールは、異世界へ続いていた。

この世界で、自分は夢を叶えるのだ。


「もう二作目に取りかかるのか？　ケイ」

ハイダルが茫然《ぼうぜん》としているが、構わず「はい」と即答した。

「また、朝まで寝ずに描き続けるのか？」

「いえ、今回はもう絵コンテ……っていう、下絵みたいなものも出来ているので、それに沿ってゆっくり作ります。仕上げそびれた卒業制作を、なんとしても完成させたくて」

言いながら肩越しに振り返ると、「ん？」とハイダルが眉を撥ねあげた。

この王様、なんと城へ戻ってからずっと、慧のうしろにぴったり貼《は》りついているのだ。まるでコバンザメのように……と、視覚的には、慧がコバンザメ側になる。

いまも慧は、創作の際の定位置に落ちついたカウチソファの手前の床の絨毯《じゅうたん》にペッタリと座り、早速スケッチパッドを開いているのだが、そのカウチソファをわざわざうしろへ押しのけて腰を下ろし、慧を囲うようにしてあぐらをかき、両腕を慧の腰に巻きつけて、肩に顎を乗せ、手元を覗いているという、ベタベタに甘いシチュエーションだ。

おそらくは城へ戻る途中、夕陽をバックにナージーの背でキスをした時点で、ハイダルは自身の念願が成就したと確信したように思われる。

まだ返事していませんよと、指摘できない雰囲気だ。

ただ、困惑しているかのように言いつつも、魅力のかたまりのようなハイダルが甘えてくれるのは、正直………嬉しい。嬉しいけど、こういうのは初めてだから照れくさい。

ハイダルの寝室は、就寝時以外は開けっぱなしで、廊下をとおる家臣たちが中を覗いては、「お熱いことで」と、笑って去るのだ。それがとにかく恥ずかしく、つい素っ気なくしてしまう。

「……あの」

「なんだ？　ケイ。なんでも申せ」

「少し離れていただけませんか？」

「離れる理由が、どこにある？」

「……なんでも申せって言ったくせに」

「申せとは言ったが、従うとは言っておらぬ」

だろう？　と得意げに返し、高い鼻で慧の襟足の髪を掻《か》き分け、うなじに唇を押しつけてくる。くすぐったいし、ドキドキするし、まったく創作に集中できない。

「ならば食事は、私と摂るのだな？」

「ご一緒させていただければ……と思っています」

「夜は私と、一緒に眠るのだな？」

「えーと……」

ほとんど意地で走らせていた鉛筆を、慧はとうとうストップさせた。

焦点が定まらないほど近くにあるハイダルの目を見つめたら、宝石のようにキラキラしている。ナージーのように長いまつげをパチパチさせて返事を催促してくるから、腹筋を揺らして笑ってしまった。

「なぜ笑うのだ」

「なぜって、子供みたいだからですよ、ハイダルが」

「かもしれぬ。いまの私は、そなたに構ってほしい子供だ。……今日はじつに楽しかった。毎日を輝かせるそなたを見ているだけで、私の心も輝いた。もっとそなたを見ていたい。毎日だ。いや、毎時間だ。片時も離れたくないのだよ、ケイ。私はいま、ケイに夢中だ」

はっきり言われて、今度はブーッと噴きだした。ちょっと笑いすぎたか、ハイダルが眉を寄せ、唇を尖《とが》らせる。

「私がふざけているとでも？」

「ちょっとはふざけていますよね？　でも……わかりました。休憩します」

本当か？　と声を弾ませて確認され、慧はまたもや噴きだした。

いつもの落ちつき払った国王ぶりも魅力的だが、大きな猫のように体をこすりつけ、全身で慧に甘えるハイダルもチャーミングだ。

「今夜だけでなく、明日も休憩してはどうだ？　町の機織りに、私の瞳と同じ色の生地を織らせている。ケイの新しいトーブを作ろう。きっと似合う。ああ、庭園のバラも満開だ。明日は庭でピクニックをしよう。明日と言わず今夜でもいい。新月で足元は暗いが、ふたりで夜の庭を散歩しようではないか。歩くのが不安なら、ずっと私が抱いてやる」

「俺の創作の邪魔をしようとしてます？」

睨《にら》みつけると、ハイダルが眉を撥ねあげ、おどけてみせた。

「その逆だ。いままで慧が見たこともない世界を見せてやりたい。新しい体験をさせてやりたい。創作の種をケイに植え、イメージを育てる手伝いをし、創作意欲をますます膨らませてやりたいのだ。だから……」

「だから、なんですか？」

訊くと、そっと包むように慧を抱きしめ、耳元で優しく吹きこまれた。

「私とのデートを断ると損だぞ？」

お茶目な一面を覗かせるハイダル王に、慧の心は熱く蕩《とろ》ける。


「ハイダルたま、ずっとケイたまに、くっついてましゅ」

ドアの外からこっそり覗き、ミシュアルはプクッとほっぺたを膨らませた。

ミシュアルの頭をトントンしてくれながら、ラーミーが笑う。『恋ですよ』と。

「ケイたまがくるまえは、ぼくを、だっこしてくれたのに……」

「それは恋ではありませんけどね」

「ちがうのでしゅか？」

信じられずに訊き返すと、クスッと笑われた。

「……あなたの不思議な能力を恐れたご両親が、あなたを我々王族の手に委《ゆだ》ねた。ご両親を恋しがって泣いてばかりいたあなたを慰めるために、ハイダル様は毎晩のように、あなたを抱っこしてくれましたね」

「おうぞくにゆだねた……じゃないでしゅ。すてられたのでしゅ、さばくへ」

「そこは忘れてしまいなさい。ちゃんとジャファルが、あなたを見つけたではないですか。

……あなたはハイダル様の御子も同然。ハイダル様は親のように、あなたを大切に思っていますよ、ミシュアル」

ラーミーの言葉が優しすぎて、却ってミシュアルは傷ついた。

慰めてくれているのはわかるし、ミシュアルの「好き」と、ハイダル王の「好き」が違っていたことも……いま、ちょっとわかった……気がした。

廊下を行き来する家臣たちも、ドアの外からハイダル王とケイ、ふたりの睦《むつ》まじい様子を見守り、「ふたりきりにして差しあげましょう」とか、「いまは声をかけてはなりません」などと祝福を送る中で、自分だけが心に邪鬼を宿している。

砂漠にしか現れない邪鬼が、心の中でもくもく、もくもく、大きくなっているような気がする。

追い払おうと頑張っても、どんどん心が曇っていく。このまま自分は邪鬼になってしまうのだろうかと思うと怖くて、ミシュアルはブルルッと震えた。

「ハイダル様の両腕は塞《ふさ》がっておりますので、代わりに私が抱っこしましょう」

差し伸べられたラーミーの両腕に背を向け、ハイダル王の寝室から少し離れた自分の部屋へ閉じこもった。

そのとたん、涙がぽろぽろっと零れた。

追ってきたラーミーが、トントン……とドアを叩《たた》くが、ミシュアルはベッドに伏せ、枕を顔に押しつけ、決して返事をしなかった。しばらく叩いて……諦めたのか、ドア越しにそっと呼びかけてくれた。「のちほど、ミルクプリンをお持ちしますね」と。

　今回ばかりはミルクプリンでも、ミシュアルの機嫌は直らないのに。

　ラーミーが思うほど、ミシュアルは子供じゃないのに。


　泣き疲れ、そのまま眠ってしまったらしい。

「ミギャア」

　ジャファルの声がした。開いていた窓から入ってきたらしい。

　尻尾《しっぽ》を立てて、ぴょこぴょこ走ってきたジャファルが、ぴょんっとベッドに飛び乗ったかと思うと、シーツを握りしめているミシュアルの手の甲をぺろぺろと舐めた。

「ジャファルは、やさしいでしゅね」

「ニィー」

「ぼくの、とってもかなしいきもち、わかるのでしゅね」

「ミャー」

　手を伸ばし、ジャファルの頭や顔を撫で回した。伸びをしてくつろぐジャファルを抱きあげようと、身を起こしたとき。

　突如ジャファルが、バッと跳ねた。

　町とは反対側の壁に向かって、身を低くする。

北の城門の向こうに広がるサラビア砂漠を、心の目で睨みつけている。

「ジャファル？」

背を丸め、ツメを伸ばし、フーッ！　と威嚇《いかく》し、逆毛を立てる。

「きたでしゅか、ジャファル！」

ミシュアルに応《こた》えるかのように、ジャファルの両耳の長毛が扇状に広がり、激しく震えた。


夕食のあと、料理長のジュードが慧に小さなワインボトルを見せてくれた。夕陽のように鮮やかなオレンジ色のガラスだ。

「今宵《こよい》にふさわしい特別なお酒です。寝室へ置いておきますので、ベッドへ入られる際に、ひとくちどうぞ」

「ベッド……って、就寝前ってことですか？　いまではなく？」

きょとんとして訊くと、ジュードが口髭を指で撫でつけながら、少し考える素振りをした。そして大きな上体を前に倒し、ぼそぼそと慧に耳打ちする。

「ハイダル王の寵愛《ちょうあい》を受けるには、理性は邪魔でしょうからな」

目をパチパチさせる慧の背をバシッと叩き、「頑張りなさい」と励ますジュードが意味不明だ。

ハイダル王の寵愛って？　このお酒の原材料は？　理性が邪魔って、どういうことだ？と、慧の心に疑問の荒波を立てるだけ立てたジュードが、分厚い肩を楽しげに揺らして去っていった。

解説を求めてハイダルを見れば、こちらも同じように肩を揺らして笑うばかりだ。

「あの、さっきのお酒、俺だけですか？　ハイダルのぶんは……」

それには答えず、ハイダルが苦笑する。ジュードのヤツめ……と。そしてテーブルに両肘をつき、顔の前で両手を組み、慧の反応を窺《うかが》うような目で見つめてくる。

「あれは、マタタビから抽出した酒だ」

はい？　と慧は訊き直した。ネコを腰砕けにするアレですか？　と訊ねると、ハイダルが眉を撥ねあげた。知っているなら話は早い、と。

「我々王族は交尾の際に、マタタビ酒を嗜《たしな》むのだ」

「こっ………」

「ほんのひと舐めで大いに昂《たか》ぶり、驚くほどに感度が増す」

「か……っ」

交尾とか、感度とか、そういった単語が示す行為に縁がなかった慧でも、意味はわかる。

だが、想像する勇気はない。

「ケイは、誰かと睦みあったことは？」

ハイダルの視線の意味を察し、カーッと顔が熱くなった。全力で首を横に振ったら、困ったように視線を外され、あげくにクスクス笑われた。

「ならば忘れずに飲むがよい。私の愛の大きさは普通ではない。平常心では、おそらくそなたは耐えられまい」

「えっ、あの、ちょっ、まっ……」

愛の大きさって、どういう意味ですか……と訊こうものなら、間違いなく自爆だ。

慧に注いでいた視線を、ハイダルがバルコニーの向こうへ……町灯りへと投じる。

「今日も一日が終わるな」

「え？　あ……、はい」

「この国の平和は、父王アムジャドが成立させた」

誇らしげにハイダルが言った。そして、ふっと目を伏せた。

「父王アムジャドが浄化した際、私はひどく落胆し、絶望した」

唐突な告白に、慧は口を噤《つぐ》んだ。

今夜は新月のせいか、ハイダルの横顔は翳っている。おそらくは遠くを見つめているだろうエメラルドグリーンの瞳にも濃い影が落ち、感情が読み取れない。バルコニーに点々と置かれたランタンだけが、唯一の灯りだ。

「……父王アムジャドは、最後にこんなことを言い残した。……私は存分に生きた。我が子ハイダルも立派になった。サラビア国は永久に安泰だ。この世に思い残すことはない。あとは任せる……――と。満足そうに笑って去った父王に、私は腹立たしさすら覚えた。私がここにいることは、あなたの未練になりませぬか？　と。あなたの息子をひとりにすることに、心残りはないのですかと訴えたが……届かなかった」

初めて知らされたハイダルの悲しみが、慧の未練を揺さぶる。

残して逝く側、残される側、双方の気持ちがリンクする。

「サラビアでは、人は浄化すると風になると言われている。風になり、邪鬼の到来を報《しら》せ、この地の守り神になるのだ。だから私は、電車とやらに弾き飛ばされたそなたをサラビアの砂漠へ導いたのは、父王アムジャドだと……確信した」

なぜですか？　と訊き返す慧に、ハイダルが言った。

「惹《ひ》かれたからだよ、ひと目で」

ハイダルが慧を見る。エメラルドグリーンの瞳にランタンの火が映り、優しく揺れる。

月のない暗い夜が、いつも以上にハイダルを饒舌にし、秘めたる本音を吐露させているようだった。

「それと――もうひとつ。そなたが天から降ってきたあの日、この手でそなたに触れる間際、ほんの一瞬……父王の気配を感じた」

「え……っ」

「父王がそなたを邪鬼から護《まも》り、このサラビア国に転生させた。信じてもらえぬかもしれないが、私には、そう感じられて仕方がないのだ。そなたは、この国にはない能力を持っている。いまのサラビアに必要な才能だ。それだけでも理由としては、じゅうぶんであろう？」

ハイダルが腰をあげ、慧の隣に立つ。そして身を屈《かが》め、慧の肩を抱き寄せる。

「だが父王の仕業でなくとも、私はそなたに恋をした」

恋――――。その突然の告白に、鼓動がトクンと跳ねる。

慧は身動きできなかった。トクントクンと鼓動ばかりが速くなる。

「ケイ、そなたの気持ちも聞かせてほしい」

顎に指を添えられ、俯《うつむ》いてしまいがちな顔を起こされ、促された。

「そなたは私を、どう思っている？」

訊かれて慧は息を呑《の》んだ。緊張で閉じてしまった目を開き、あなたの問いに答える前に
……と前置きした。

「俺は、ずっと、恋愛を避けていました」

「……なぜ避けていた？」

理由は、ひと言では言い表せない。

人に知られても、もしかしたら、なんともなかったかもしれない。でも、そうじゃないかもしれない。考えれば考えるほど、告白するデメリットばかりが増えていった。

最終的に出した結論は、「隠すこと」だった。知られなければ大丈夫と信じ、人の顔色を窺い、話を合わせ、本音を言わずに暮らしていた。

「俺、一時期かなり努力したんです。女の子と恋をしよう、って。それこそ必死で女の子とつきあおうとした時期もあって……無理をしすぎて、疲れてしまって。いつしか恋愛そのものを避けるようになりました」

「私に対して少々臆病《おくびょう》な理由は、それか？」

はい、と慧は素直に認めた。もっと言うならハイダルが眩しすぎて、なにもかもが素敵すぎて、照れくさくて正視できないという理由もあるのだが、そこまで告白してしまうのは恥ずかしい。

あと、慧が臆病というよりは、ハイダルが積極的すぎるのではありませんか……と言いたかったけれど、いまはそういう話より、自身の心の解放を優先した。

「……描いて楽しいのは、いつも男性でした。固い筋肉や骨張った手の甲を見つめているとドキドキして……でも、こんな目で見ていることがバレたら気持ち悪がられるんじゃないかと、わざと下手に描いたりもして、誤魔化すことばかり考えていました」

「……誤魔化したかったことは、なんだ？」

「恋愛対象が、同性だという事実です」

人生最大の勇気を振り絞って――言ったのに。

「それの、なにが問題なのだ？」

真顔で訊かれ、面食らった。そして……気が抜けた。

そうだった。サラビアの王族は男性ばかりだ。ここではそんなこと関係ないし、悩みのうちにも入らないのだろう。

でも、慧が生きた国では、ひどくデリケートな部分だったから。だから誰にも……母にも言えなくて、友達にも言えなくて、心の中に隠していた。隠せば隠すほど苦しくなって、誰かに訊いてもらいたくて……言おうとして、でも言えなくて。

ずっと、ずっと、苦しかった。人が想像するより、きっと――ずっと。

「言いたかったんです、ずっと、誰かに。本当は男性が好きだって。普通に男性と恋愛がしたいって。手を繋《つな》いで歩いたり、キスしたり、好きな人に抱きしめてもらったり……」

ハイダルに顎を捕らえられているから、顔を背けることはできない。

逃げられない。もう誤魔化せない。答えるしかない。

泣くようなことじゃないはずなのに、熱い感情がこみあげてくる。

慧はハイダルを見つめ、言った。いま慧を満たしているすべての感情を、この大切な言葉に込めた。

「あなたに、恋をしています」

やっと言えた。生まれて初めて……生まれ変わって、ようやく自分に素直になれた。

「ハイダルに対する気持ちが日増しに強くなっている自覚はありました。でも、自分の気持ちを認めることに慣れていなくて、だからいま、ちょっと混乱していて……」

「わかった、ケイ。それ以上言わずとも、そなたの想いは伝わっている」

顎を捕らえていた指が、頬に触れる。その優しい接触に導かれるようにして、慧は口を開いた。

「あなたが好きです」

……と、やっとの思いで口にしたのに。その唇に、きゅっと親指を押しつけて塞がれ、キョトンとした。

「そのセリフは、私が先に言いたかったぞ」

「あ……っ」

慌てて撤回しようとしたが、もう遅い。ハイダルがちょっと拗ねた目になる。

「だから続きは私が語ろう。ケイは黙って聞いてくれ。短いから、聞き逃さぬように」

微笑んだハイダルが、スッと息を吸い、同じ速度で吐きだすようにして言った。

「愛している」

黙っていると、「聞こえたか？」と促された。「黙って聞けという命令でしたので」と真剣に返したのに、ぷっと笑われてしまった。

手を引かれ、町を最も美しく眺められるバルコニーの中央へ導かれた。うしろから両腕を回され、そして……顎を優しく持ちあげられ、求められるままに唇を重ねた。

唇を触れあわせるだけでなく、舌を絡ませる本格的なくちづけに、バルコニーの手摺《てす》りに預けた指が震える。ハイダルに腰を抱かれていなかったら、早々に膝《ひざ》から崩れ落ちていただろう。

肩越しに仰ぎ見る体勢で唇を貪《むさぼ》られ、頬や顎、首筋やこめかみを舐められて、心と体が甘く疼《うず》いた。好きな相手と気持ちを交換しあえる日がくるなんて、夢みたいだ。

縋《すが》るものがほしくて身を捩《よじ》り、ハイダルのほうへ向き直ろうとするのだが、なぜかハイダルは執拗《しつよう》にうしろを取りたがる。

慧の戸惑いを察したのか、背後でハイダルが自嘲《じちょう》した。

「獣ゆえ、背後から獲物に襲いかかる習性があるのだ」

許せ、と微笑まれたから、わかりましたと笑ってしまった。生来の習性だと知らされれば、これは慧が慣れるしかない。

腰と胸に両腕を回され、体をぴったりと密着され、うなじを舐められている自分は、おそらく恍惚《こうこつ》とした表情だろう。今夜が満月じゃなくてよかった。こんな顔を誰かに見られたら、恥ずかしくて二度と外を歩けない。

「今宵はそなたを抱くぞ、ケイ。よいな？」

「あの……」

「なんだ？　この期に及んで拒むつもりか？」

そうではなくて……と首を振り、恥ずかしさを我慢して白状した。

「初めてなので……お手柔らかに、お願いします」

セーブしてくれるのを期待して童貞を白状したら、

「毎夜、獅子の姿の私に、手足を絡めていたではないか」

と、意味深に目を細められ、恥ずかしさのあまり顔から火を噴いた。

「で……、でもそれは、ハイダルというよりライオンだから……っ」

弁解すると、ハイダルがニヤリと笑った。

「だから私は就寝時、敢《あ》えて獅子になったのだ。そうでなければ慧に堂々と触れられず、それどころかベッドから追いだされかねない」

だが今夜は……と微笑んだハイダルが慧の膝を掬《すく》い、軽々と抱きあげる。

「このあとは、ベッドでゆっくり語らおう」

甘いセリフを囁かれ、体の芯《しん》に火が灯《とも》った。

こんな感覚は初めてだ。自分がどうなってしまうのか想像できない。逃げたいほど恥ずかしいのに、その恥ずかしさを耐えてでも、ハイダルに愛されたいと思ってしまった。

はい……と応え、ハイダルの首に両腕を回した、そのとき。

「じゃき――――っ！」

城内に、ミシュアルの声が響き渡った。

ジャファルの読みを告げるミシュアルによれば、相当量の黒雲が、砂漠上空で渦巻いているという。

間もなく黒雲が放電し、邪鬼が砂漠に降り立つらしい。

少数で立ち向かえば不利は明白。よって、すぐさま城内の全王族が、砂漠を臨む北の城門前に集結した。その数、四十七頭。

今回が初めてではない。数年に一度このような事態が発生すると、前にミシュアルが言っていた。

ただし、そのタイミングは予測不能。だから王族は普段から散り散りにならず城に集結し、戦闘に備えているのだという。

群の先頭には、漆黒と金の鬣を持つ国王ハイダル。雄々しいライオンに変化《へんげ》したハイダルが、家臣に向かってグォ――ッ！　と吠《ほ》える。

その姿に、慧は初めて会った日のハイダルを思いだした。

『邪鬼かと思って様子を見ていた』と言ったあの日のハイダルは、金色のシュマッグに漆黒のトーブ。あれはライオンの姿から戻った直後だったのだ。

一段と大きな体軀《たいく》の焦げ茶のライオンは、きっと料理長のジュード。額でアメジストが輝く美しいライオンは、ラーミー。

そのラーミーの背が目映《まばゆ》く光っているのは、ジャファルをギュッと抱きしめたミシュアルが跨がっているからだ。

以前ミシュアルが言っていた。自分はライオンにならず、みんなの目になるのだ、と。

そして今夜は新月。ミシュアルなしには戦えない。

『ぼくは、たいまつでしゅ。ジャキは、まっくろもくもくで、みんなのあたまのうえに、ワーッてなって、おつきしゃまをかくしてしまうから、ぼくがボワーッてもえて、しゃばくをてらして、みんなのおめめになるんでしゅ』

赤い炎に全身を包んだミシュアルの金髪は逆立ち、メラメラ燃えているように見えた。まさに松明《たいまつ》だ。

その勇姿に、慧の心まで熱くなる。頑張れ、と応援する肩に力が入る。

ハイダルを挟んでラーミーとジュード、その三頭を先頭に、猛々《たけだけ》しい雄ライオンの大群が砂漠へと猛進する。

戦闘王族が戦う間、城を守るのは三人の給仕たち。だが彼らもいまはライオンの姿にな

り、城内の警備に余念がない。あと、ナージー親子も城で待機だ。

ハイダルは慧に、城で待つよう言い残したが、好奇心が疼いてたまらない。

邪鬼との戦闘を見たこともないくせに、「風を読むネコ」を描いたのだが、あのときの生みの苦しみといったらなかった。実際に戦闘シーンを見ていれば、もっとすごい絵を描けたかもしれないという後悔は、少しある。

『邪鬼狩りについては、いつかそなたも目撃する日が来るであろう』――――。以前ハイダルに予告されたが、今夜が数年に一度の大きな事態なら、これを見逃す手はない。

体重をかけるとまだ少し痛む足を庇《かば》いながら、慧は北の庭園を抜けた。

南の庭園とは異なり、花は一輪も咲いていない。太く固い棘を無数に生やした茨《いばら》が、四方に恐ろしい影を落とすばかりだ。

北の城門に辿《たど》りついたとき、誰かの気配がして振り向くと。

「グゥゥ〜ワァァ」

心配顔のナージーが、すぐうしろに立っていた。ひとりで行っちゃだめですよと、顔全体で訴えてくる。……とうとうラクダの表情を見分けられるようになってしまった。

手を伸ばして鼻の頭を撫でてやると、ナージーが嬉しそうにフガフガと鼻を鳴らした。

「ナージーは見たことある？　邪鬼と王族の戦いを」

訊くと、首を大きくしならせるようにして、縦に振った。ここにミシュアルがいたら、きっと「みたことあるよ」と訳してくれたに違いない。

「ナージー、俺も邪鬼狩りを見てみたいんだ。砂漠へ連れてってくれ」

お安いご用、とナージーが言った……と、信じたい。「お乗りなさい」と言わんばかりに身を屈めてくれたナージーの背に跨がり、わざわざ咥《くわ》えて渡してくれた手綱をしっかりと握り、コブにしがみつくようにして、慧は群れを追いかけた。


ハイダルたちから遅れること、何分……くらいだろう。

いくらナージーの脚力が普通のラクダより優れていても、ライオンの全速力には敵《かな》わない。すぐに追いかけたつもりでも、あっという姿は見えなくなり、そして。

砂漠に到着したときには、すでに「邪鬼狩り」は始まっていた。

そもそも北の城門を出ると同時に、異様な形状をした黒雲が前方で蠢《うごめ》いているのは見えたのだ。初めて目にするその動きは不規則で、興味はあっても背筋が震える。

それは悪魔の翼のようでもあり、黒く伸びる魔の手でもあり、生きたまま人を飲みこむ大蛇のようでもあり。変幻自在に形を変えて、つかみどころが無い。

さらに砂漠へ近づくことで、その姿は徐々に恐ろしさを増してゆく。

雄々しいライオンたちが牙《きば》を剝き、咆吼《ほうこう》し、邪鬼たちを喰《く》らい、爪《つめ》で切り裂く。

大蛇と化した邪鬼が一頭のライオンの首に巻きつき、宙吊《ちゅうづ》りにする。と、ラーミーが素早く真下に入り、松明の役割を担うミシュアルが敵の姿を赤裸々に暴く。

刹那《せつな》、獅子王ハイダルが地を蹴《け》って飛びかかり、鋭い爪で大蛇を引き裂いた。

「すごい……！」

黒雲と砂埃は、メラメラ燃える炎のよう。そしてハイダルの爪は、まるでサーベル。その跳躍力もさることながら、爪の威力に慧は震えた。

誰よりも猛々しく躍動する金と黒の鬣は、王族の強さの象徴だった。力と美を結びつけたことはいままで一度もなかったが、戦う獅子の美しさに、慧はすっかり魅入られた。

蹴散らされた邪鬼は形状を維持できず、威力が衰え、シュッと布がこすれるような弱々しい息を吐いて気化し、消滅する。もしくは空中に発生する巣穴に、慌てて逃げこむ。

砂漠上空を覆っていた邪鬼は、攻撃の手を止めない王族たちの前で無力化し、萎《しぼ》むようにして消滅した。


狩りが終わり、ライオンたちが城へ引き返す。

みな舌をだらりと下げ、肩で大きく息をついている。その足取りは重いものの、表情は誇らしげだ。

サラビアの民のために全力で戦った証《あかし》だ。疲労困憊《こんぱい》の戦士たちの姿に圧倒され、声をかけるのも憚《はばか》られる。

戦場付近を一周し、完全に邪鬼を追い払ったのを確認してから戻ってきたのは、松明役のミシュアルとジャファルを乗せたラーミーと、司令塔の獅子王ハイダルだ。

慧に気づいた獅子王が、こちらを見て足を止める。

エメラルドグリーンの目は鋭く切れあがり、呼吸音も大きく、荒く、いつもの穏やかなハイダルの気配はない。美しかった鬣も、砂まみれで汚れている。

慧の気持ちを察してくれたのか、ナージーがゆっくりと前脚を曲げて身を低くし、地面に降ろしてくれた。

慧は獅子王を目指した。足がもつれて倒れても、また立ちあがって駆けより、戦い疲れた獅子王にしがみついた。

ライオンの鬣が短くなり、漆黒に金糸が織りこまれたトーブ姿の人間が現れる。名を呼ぶより早く手首をつかまれ、腰を抱かれ、気づけば唇を塞がれていた。

「ん……っ」

荒々しさに驚いた慧は、反射的に腕を突っ張らせた。だがハイダルは怯《ひる》むどころか、慧の顎をつかんで固定し、逞しい舌を口いっぱいに含ませてくる。

逃れることは敵わない。それどころか、心と体が歓喜に震えて止まらない。

荒々しいくちづけに圧倒されて、体から力が抜け落ちる。両膝も、見事にカクンと折れてしまった……が、ハイダルはなおも慧を抱き、まだ唇を貪ってくる。

やっと唇が解放されたと思ったら、「高ぶる気持ちを鎮めるには、恋人のくちづけが一番効く」と、額に汗の玉を浮かべて微笑むから……………。

気がつけば慧はハイダルの首に両腕を巻きつけ、自分から唇を押しつけていた。ハイダルが再び慧の腰を抱き寄せ、もっと激しいキスで応じてくれる。

キスしたまま抱きあげられ、ナージーに跨がらせてくれた。そしてハイダル自身もうしろに乗り、手綱を握る。

慧はハイダルに唇を啄《ついば》まれながら、ナージーに揺られて城へ戻った。

「ぼくのほうが、がんばったのに」────。

ミシュアルが嫉妬《しっと》で半泣きになっていたことには、まったく気づけなかった。

慧は慧で、気持ちに余裕がなかったから。

ハイダルのキスに夢中で、他にはなにも考えられなかったから。

ハイダルの湯浴み中、慧はバルコニーから町の灯りを眺めていた。

共に湯浴みを……とハイダルから執拗に求められたが、懸命に断って諦めてもらい、いまようやく呼吸が落ちついたところだ。

ついさっきまで砂漠に邪鬼がいたとは思えないほど、今夜の町は平穏だ。

王族は、命をかけて自国の民を守る。それが伝わっているからこそ民たちも王族を慕い、敬い、信頼を寄せてくれるのだ。

「まるで理想郷だな」

こんな素晴らしい国を統治しているハイダルに愛されて、嬉しいと思う半面、勿体なくて腰が引ける。自分なんて、どこにでもいる二十歳《はたち》に過ぎないのに。

それでも、ついに今夜は抱かれるという予感に、さっきから指先の震えが止まらない。砂漠で目にした獅子王の躍動が、記憶に焼きついて離れない。民に向ける国王の笑みも、慧に甘える少年のようなハイダルも、すべてが慧をときめかせる。

ハイダルを想うだけで、まるでこの国の夕陽のように、体が熱く燃えるのだ。

頭と体を冷やすのを諦めた慧は、寝室へ戻ろうと踵《きびす》を返し、立ち止まった。

ドアの隙間から、そっと寝室を覗きこんでいるのは……赤い瞳。

「……ミシュアル？」

「ケイたま……だけ、でしゅか？　ハイダルたまは？」

なにやら様子を窺うように訊かれ、つられて慧も小声になった。

「ハイダルなら湯浴み中だけど、急用？」

それには答えず、トトトト……と小走りでやってきたミシュアルが、慧の手をつかんで急くように引っぱる。

廊下へ連れ出されそうになり、「ちょっと待って」と慌てたが、ミシュアルのほうが慌てているのは明白だ。

「ハイダルたまからあずかった、ほうせき、おとしたでしゅ」

「え……？」

首を傾げている間にも、ぐいぐいと手を引かれ、廊下を抜け、ヨタヨタしながら階段を下り、城の外まで連れていかれそうになる。

「さばくでしゅ。みんなつかれて、ねんねしてるでしゅ。おこしちゃダメでしゅ。でも、でも……、さがすでしゅ。おねがいでしゅっ」

「でも、だったらハイダルにひと言……」

みなまで聞かず、ミシュアルがブンブン首を横に振る。赤い目が潤み、いまにも涙が零れそうだ。

「ハイダルたまに、いっちゃダメでしゅ。ないしょでしゅ。おねがいしましゅ！　はやく！」

「内緒って言われても……、困ったな」

王族はみな、今夜は疲労困憊で自室に籠《こ》もり、体力回復に努めている。皆の目になって戦ったミシュアルだって、相当疲れているはずだ。

一刻も早くベッドで横になりたいだろうに、それでも内緒で探しにいくと言い張るのだから、困惑の大きさは計り知れない。

なにもしていない慧だからこそ、こういうときに役立たなければ。

「……――――わかった。行こう」

城の外ではナージーが、困惑顔で待っていた。気が進まないといった目つきだ。

それでも慧は入口のカンテラをひとつ拝借し、懐中電灯代わりにし、ミシュアルとともにナージーの背に乗り、砂漠へ向かった。

もう邪鬼は退治したとはいえ、絶対にいないとは言いきれない。ここは慎重に進まなければ。自分たちになにかあれば、王族全体に迷惑がかかるのだから。

ほどなくしてナージーが足を止めた。

砂地が荒れている。さきほどまで獅子王たちが邪鬼と戦っていた場所だ。注意してナージーから降りながら、慧はあたりをカンテラで照らしたが、ミシュアルの光のようにはいかない。自分の足元を照らすのが限界だ。

「どのあたりで落としたか、わかる？　ミシュアル」

「わ……、わかりましぇん」

「だよね、砂ばかりで目印もないし。……何色の、どんな形をした宝石？」

「えっと……、えっと、ハ、ハイダルたまのおめめいろでしゅ。おゆびにはめる……」

ナージーに跨がったまま身振り手振りで教えてくれるミシュアルに、慧はひとつ頷いた。

「エメラルドグリーンの指輪だね。ミシュアルが光れば反射するかも。できる？」

「えっと、えっと……、ちゅ、ちゅかれて……ひかり、でましぇん」

力尽きたということらしい。だったらカンテラに頼るしかない。

「だよね。疲れてるよね、ずっと戦っていたんだから。……よし、とにかく歩き回ろう」

「ぼく……、あのっ、あっちをさがしましゅ」

そう言って先を指すミシュアルに、「カンテラはひとつしかないから、一緒に探したほうがよくない？」と提案した。だがミシュアルが執拗に首を横に振る。

「ちょこっとなら、ぼく、ひかりましゅ。だいじょーぶでしゅ」

わかった、と慧は頷いた。いまは、あれこれ話しあう時間すら勿体ない。

「指輪を踏んだら、すぐミシュアルに報せるんだよ」

ナージーの胴を軽く叩いて背を向け、早速足元に注意しながら慧は捜索を開始した。

優先すべきはスピードだ。一刻も早く見つけ、城へ戻らなければ。

「今夜が満月だったらよかったのに……」

そんなグチが口をつくが、新月だったからこそ邪鬼が湧いて出たのだ。邪鬼狩りさえなければ、宝石を預かることも落とすこともなかった。

慧は砂漠を縫うように歩き、足元を注視して回った。

だが宝石どころか、石ころひとつ見当たらない。

これは正直にハイダルに打ち明けて、朝日が昇ってからみんなで捜索すべきだ。そのほうが絶対に効率がいい。それに、いくら大切な宝石だとしても、ハイダルがミシュアルを叱《しか》るとは思えない。

ずっと前屈みにしていた腰を戻し、ふぅ、と息を吐き、慧は背後に声を投げた。

「ミシュアル。俺も一緒にハイダルに謝るから。だから捜索は明日にしようよ」

そう言いながらカンテラを掲げ、ミシュアルの姿を探したのだが……。

「……ミシュアル？」

姿が見えない。その場でぐるりと一回転しても、どこにも人の姿がない。

「ナージー？　どこだ？」

返事がない。砂を踏む足音も、いつのまにか消えている。

ときおり風が凪ぐだけで、シン……と静まり返っている。

なんで？　と慧は唖然とした。

「ミシュアル？　ナージー？」

まさか、邪鬼に攫《さら》われた？　……そんなはずはない。いくら月明かりがないとはいえ、空気は澄んでいる。邪鬼が現れた際の、あの重苦しい気配はまったく感じない。

それに、もしも邪鬼が襲いかかってきたなら、叫んで報せてくれるはずだ。

慧は城の灯りを探した。だが、あたり一帯が砂の山。まるで自分が砂でできた擂《す》り鉢《ばち》の底に立っているかのような光景に、いまさらながら恐怖を感じた。

ナージーの背に揺られていたから気づけなかったが、砂漠は決して平坦ではない。風に煽《あお》られ、いたるところに砂の吹きだまりが……砂山が、波を描くように盛りあがって、視界を遮る。そのせいで遠くが見渡せない。

「どっちが、城だ……？」

呟いた直後、喉がゴクリと音を立てた。

慧は足を踏みだした。だがすぐに引っこめ、反対方向へ行こうとした。でもやっぱり迷いが生じ、二歩目を躊躇《ちゅうちょ》してしまう。

ここにいては、城の灯りを見つけることはできない。動かなければ。だが、どちらへ進めばいいのか、それすらわからなくて足が竦む。

ミシュアルも慧と同じように、どこかで困っているのではないか？　だがミシュアルには、砂漠育ちのナージーがついている。だからきっと大丈夫。

「もしかしたら、ミシュアルも俺を見失って、先に帰ったと勘違いして引き返したのか？」

それならそれで安心だ。だが、自分はまったく安心じゃない。

「とにかく、こんな低い位置じゃなく、高く盛りあがった砂山を目指せばいいんだ。そうしたら、きっと城の灯りが見えるはずだから……」

そう言って自分を鼓舞するものの、緩やかに見える傾斜でも、アスファルトの坂を登るのとはわけが違う。一歩進むごとに砂が崩れ、前進している実感がまるでない。

「つ……っ」

足を動かしすぎたのか、左の太腿に激痛が走った。それでも前に進まなければ。突っ立っていても、なにも解決しないのだから。

「くそ……っ」

砂が邪魔で歩きにくい。まるで、同じ場所で足踏みを繰り返しているみたいだ。

「ランニングマシンじゃ、ないん、だ、からっ」

力を入れたら、逆に膝まで砂に埋もれた。焦って引き抜いたら履物が脱げ、体勢が大きく崩れた。

「うわっ」

ひっくり返った……と思ったときには、顔から砂に突っ伏していた。

「う……」

激しく動くほど足を取られる。砂に力を奪われて、腿に余計な負荷がかかる。こんな状況に加え、さらに最悪のミスを犯した。

転倒した際、カンテラに砂がかかり、火が消えてしまったのだ。

目を閉じても開いても、闇。闇しかない。

万事休す、絶体絶命、崖《がけ》っぷち、八方塞がり……。いまの気持ちを的確に表す言葉が、次から次へと湧いてくる。

と、手を伸ばせば届く位置に、小さな黒い影が見えた。

ほんの少し、ぬらりと光ったような気がする。

「もしかして、ハイダルの指輪？」

そうかもしれない。やっと見つけた！

足が疲れて立てない代わりに、ほふく前進して近づいた。そして、それをつかもうと手を伸ばした刹那――――。

黒い影が、動いた。

大きなハサミを振りあげたかのように見えたそれは、指輪ではなく、サソリ！

慧は悲鳴をあげた。完全に逃げ遅れた。

反射的に両腕で顔を庇うのが、精いっぱいだった。


刹那、獣の咆吼が轟《とどろ》いた。

慧の目の前で、獅子の爪が闇を切り裂く。

巨大サソリのシルエットが、一瞬にして視界から消滅する。

「大丈夫か、ケイ！」

その声に、慧はゆっくりと身を起こした。

淡く発光しているのは金の鬣と、闇の中でも輝きを失わないエメラルドグリーンの瞳。

「ハイ……ダ、ル……？」

グルルルルと、四つ足の獅子王が喉を鳴らす。そして慧に近づくと、大きな舌でペロリと頬を舐めてくれて……気が抜けたついでに、腰まで抜けそうになった。

「私への恥じらいが過ぎて、逃げだしたのかと思ったぞ」

「そんな……」

笑おうとしたが、顔が引きつる。体の震えが止まらない。

砂漠にひとり残される恐怖、サソリの猛毒、脳裡《のうり》を過ぎる死……その絶望から一転、ハイダルが救出に来てくれたという無上の安堵《あんど》で、感情が激しく揺さぶられる。

手足がガタガタ震え、歯がカチカチと鳴り、ついには涙まで溢れる始末だ。獅子王が慧にマズルを押しつけ、涙を優しく拭《ぬぐ》ってくれるから、よけいに涙が止まらない。

「……ミシュアルが、抗《あらが》うナージーを引っぱりながら戻ってきた」

「戻った？　……よかった。ミシュアルは無事なんですね」

震えながらも微笑むと、「そなたらしいな」と困惑顔で獅子王が呟き、首を横に振った。

「事情を訊けば、そなたを砂漠へ置いてきた……と。どうやら嫉妬したそうだ」

嫉妬？　と不思議に思って訊き返すと、ああ、と獅子王が苦笑した。

「私がそなたに夢中だからだよ、ケイ」

　獅子王の背に乗って城へ戻ると、ラーミーに付き添われたミシュアルが、赤い目をさらに赤く腫《は》らし、トーブをぎゅっと握って立っていた。

　ラーミーがミシュアルの背をそっと押し、「いきなさい」と促す。慧は獅子王の背から降りた。足に力が入らなくて、その場に膝をついてしまったものの、戸惑うミシュアルに向かってまっすぐ両手を差し伸べた。

「おいで、ミシュアル」

　するとミシュアルがポロポロと涙を零し、顔をくしゃくしゃにして駆けてきた。飛びつくミシュアルを受け止めた際、勢い余ってうしろに倒れずに済んだのは、人に戻ったハイダルが、慧を支えてくれたからだ。

「ごめんなしゃい、ケイたま、ごめんなしゃいっ」

　小さな体を震わせて謝るミシュアルを、慧はぎゅっと抱きしめた。可愛いふわふわの金髪を撫で、ウンウンと頷く。

「ハイダルたま、とられちゃったとおもって、ぼく、ぼく……っ」

　うわーん！　と号泣するミシュアルと、そのミシュアルを抱きしめる慧。ハイダルがふたりをまとめてハグし、ミシュアルの髪に何度もキスする。

「すまなかった、ミシュアル。私のせいで悲しい思いをさせてしまった。許せ」

「ハイダルたまの、せいじゃ、ないでしゅっ。ぼっ……ぼくが、ぼくが、いけないこ、なんでしゅっ」

「そなたは、いけない子などではない。天が遣わした、大切な子供だ」

「ぼっ……、ぼくはっ、いけない子だから、たいせつじゃないから、パパと、ママに、すてられたのでしゅ」

それは違う！　と叫んだ声が、ハイダルと重なった。そして続きは、ハイダルが誠意をこめて語ってくれた。

「聞きなさい、ミシュアル。そなたは来るべき場所に辿りついたのだ。運命とは、そういうものだ。過去にどれほどつらいことがあっても、つねに視線は、いまを見なさい。ミシュアルは城へ導かれたのだよ。王族となるために」

「おーじょくと……なる……ため、に？」

えぐえぐとしゃくりあげながら、ミシュアルがハイダルを見あげる。そんなミシュアルにハイダルが、慈愛をこめて微笑みかける。慧も全力で同意した。

「そうだよ、ミシュアル。今夜の狩りを見て思ったけど、松明役のミシュアルがいなかったら、王族はあれほど自由に動けない。間違いなく苦戦していた。ミシュアルがいてくれたから勝利したんだ。みんな、きみを信頼している。王族が、ミシュアルを必要としているんだ」

泣きじゃくるミシュアルが可愛くて、いじらしくて、慧はますますミシュアルを強く抱きしめた。「盗ったりしないよ」と返し、「ハイダルも、俺も、ミシュアルが大好きなんだから」と、その小さな背を何度も撫でた。

「それに……ミシュアル。好きは、ひとつだけじゃなくて、たくさんあるのですよ」

いつのまにかミシュアルのうしろに立っていたラーミーが、ミシュアルの金髪を指で梳《す》きながら愛しげに目を細める。

「ハイダル様は、亡き父王アムジャドを愛しておられます。サラビアの民を愛しております。子に捧げる愛情なら、ミシュアルを超える者はおりません。恋人への愛という点では、ケイさんが独占です。……そういうことです。ハイダル王の愛情は無数であり、無限です。みんなで仲良く分けあいましょう」

目尻を下げて「両成敗」を伝えるラーミーに、「そういうそなたも、私の一番の家臣だ」とハイダルが笑った。

今度こそ一緒に……と、差しだされた手を拒まなかったのは、理由がある。

砂の上を歩きすぎたせいで、もはや体力の限界を超えていたからだ。

それと、もうひとつ。

命をかけて民を守り、慧を守り、家臣を守る素晴らしい人に、心だけでなく、体も捧げたいと思ったからだ。

彼にされることなら、彼が求めるなら、彼が喜ぶなら、なんだって応じる覚悟は、気づけば自然に整っていた。

ただ、自分が彼を満足させられるのかは、正直なところ不安しかない。がっかりされてしまうのでは……と怖くもある。でも、それでも構わないから、いまは彼に愛されたかった。

恋とか愛とかに対し、こんなにも積極的な自分は初めてで、戸惑いは大きい。だがそれ以上に喜びも……きっと大きいはずだから。

抱きあげられて移動した部屋は、暖かい色のカンテラを四隅に配した、静かな浴室。様々な色のガラスを溶かして作られた幻想的なバスタブは、ひとりで入るには大きく、ふたりで入るには多少窮屈な……いわゆる、睦みあうためのサイズ感だ。

湯の中には、南国の花々が睡蓮《すいれん》のように浮かんでいた。カンテラの火が揺れるたび、花々が優美な影を描き、バスタブを外側から妖《あや》しく照らし、欲情を高めてくれる。

トーブはハイダルが脱がせてくれた。恥ずかしくてハイダルの全裸を見られず、背を向けたまま立つ慧の、うなじにキスが降り注ぐ。そのたびに、肌にかすかな震えが走る。

髪に湯をかけ、指で梳き、砂を洗い流してくれながら、少し傾けさせられた首筋にもハイダルの舌が這う。やがて慧は横抱きにされ、ハイダルに背中を預けるような体勢で、バスタブの中に腰を沈めていた。

「…………ぁ」

ザァァ……ッと湯が溢れる。同時に、筋肉質な両腕が慧の体を拘束し、引き寄せる。

「ハイダル、待……っ、んっ」

言葉は無用とばかりに、肩越しに唇を奪われた。舌を引き抜かれるかと恐ろしくなるほど激しい接吻《せっぷん》を交わす間にも、ハイダルは慧の肩や胸、腿や股間《こかん》を休みなく撫で回してくる。

慧の骨格や筋肉の形状まで写しとるかのような手指の動きに、体がどんどん熱くなる。

「なんと可愛らしい体だ」

「そんな、こと……ない、です」

「どこもかしこも可愛らしく、しなやかで、よい手触りだ。まさに、私に愛《め》でられるために生まれてきたような体だ」

過分な絶賛を容赦なく浴びせられ、左の乳首を嬲《なぶ》られた。ビクンッと湯を蹴ってしまった慧の、その脚の間にもう一方の手を差し入れ、大きな掌で包むように添え、「揉んでもよいか？」と、耳に息を吹きこまれた。

「欲情するそなたが見たい。形を変えても……よいな？」

答えたくても、早くも息が上がってしまい、掠れた息が漏れるばかりだ。

「……っ、ぁ……、あ……っ」

そのうえハイダルの骨張った手は大きくて、慧の左右の乳首に易々《やすやす》と届いてしまう。親指と薬指で両方同時に押し回され、慧はとたんに狼狽《うろた》えた。

「まっ……、待って、ハイダル……っ」

乳首を弄《いじ》られること自体、慧にとっては初めての経験だ。その刺激は想像を遙《はる》かに超え、視界で星が瞬く始末。同時に、優しく扱《しご》かれた脚の間も、あっというまに剝かれていた。

慧の手はといえば、うしろからくちづけてくるハイダルの首を抱えこみ、もう一方の手でバスタブをつかんでいるのが精いっぱいで、抗う余裕はない。そもそも背中に密着する胸筋と腹筋が異様に固く、逞しいから、それだけで抵抗する気は失せる。

「あっ、あっ、あ……っ」

そしてハイダルの手は、驚くほどに器用だった。慧の前を扱きながら、膨らみを掌で揉みながら潰《つぶ》し、そうかと思えば指を伸ばして襞《ひだ》を嬲り、締まり具合を確認してくる。

「ここを使って、愛しあったことは……？」

訊かれて慧は、半分ヤケになって「ありません」と返した。ハイダルが頷き、微笑む。

「ないのであれば、教え甲斐がある」

そう言って指先を押しこまれ、反射的に締めつけてしまった。

「……――――ッ！」

ハイダルの指の感触の生々しさに、口から心臓が飛びだしそうだ。

涙ながらに「もう無理です」と恥を忍んで訴えると、「まだ始まってもいないではないか」と耳朶《じだ》を噛《か》みながら苦笑され、慧は無性に泣きたくなった。

「もう、とっくに、始まっていると……思って、ました……っ」

半泣きで返した抗議は、ハッハッハッと軽やかな笑いで片づけられてしまった。

バスタブの中でひとしきり点検された体は、あちこちが妖しく痙攣《けいれん》し、もはや髪に触れられただけでもビクビク反応してしまうほど、敏感を極めている。

腰に力が入らず、立ちあがることもできない慧を、ハイダルが横にして抱きあげ、バスタブの外へ下ろしてくれた。

せめて体くらい自分で拭《ふ》こうと、籐の衝立《ついたて》に用意された真っ白なタオルに手を伸ばすが、その腕をつかまれ、両腕を拘束されたままの状態でこめかみや頬、顎や首筋、そして唇を貪られてしまうから、もう、どうしたらいいのかわからない。

「体を……拭かせてください」

「私が拭こう」

言うやいなや、タオルで全身を覆われた。ホッとしたのも束《つか》の間、タオルの上からありとあらゆる場所に手が及び、却って膝がガクガクした。

「ま……、待ってください、ハイダル、あの、もう……」

「そなたが可愛くて仕方がないのだよ、ケイ」

「もう……無理です、ハイダル……っ」

「まだ始まっていないと申したであろう？」

そう言って肩越しに唇を塞がれ、足元にタオルがふわりと落ちる。隠すことは赦《ゆる》されず、慧はハイダルの強く逞しい手によって、愛しあうための準備を整えられてゆく。

「なんと滑らかな素肌だ。永遠に触れていたくなる」

「う……っ」

「ここも……、とても可愛らしい」

「そこは、あの……、あっ」

覆い隠そうとした両手は、易々と片手でひとまとめにされ、隠す手段を奪われた哀れな中心は、ハイダルの手によって剝きだしにされた。

指を添えて優しく嬲られ、腰が疼く。あん、あん……と、自分の声とは思えないほど甘い嬌声《きょうせい》が、浴室に反響する。

「……可愛い色だ。可愛い形だ。私のものとは質が違う」

「んん……っ、んっ」

「私のものは、やたらと太く、硬く、荒々しい形状だが、ケイのここは上品で、泣かせ甲斐がある」

「あ……ん」

一時も休ませてくれないどころか、行為がどんどん加速する。そのうえ、太くて硬くて怖くなるほど荒々しい存在が、さっきから腰に何度もぶつかる。そこから意識を逸らしたくて、剝かれる性器と揉まれる乳首に息を乱し、激しいくちづけに集中した。

ひとりで立っていられなくなった慧を、ようやくハイダルが抱きあげてくれた。そして唇を啄みながら寝室へ運んでくれ、いつもの……天蓋《てんがい》つきの大きなベッドへ仰向けに下ろしてくれた。

反応している体を見られるのが恥ずかしく、とっさにシーツを引き寄せるが、ハイダルがそれを許してくれない。優しい手つきでありながらも、明確な意志を持ってシーツは奪われ、ハイダルの眼前に欲情を晒《さら》すこととなったのだが……。

「………ッ」

慧は息を詰めた。慧の前で膝立ちになっているハイダルの、その裸体の強靱《きょうじん》さに。肩や胸の筋肉は、まさしく山のよう。腹筋は引き締まり、その下ではハイダルの雄々しい野性が天を貫くようにして、濃すぎる影を落としていた。

それを前にして、慧は怯えた。無意識に首を横に振ってしまう。ハイダルが苦笑しているが、そんなことより身の安全だ。

「……怖いか？　ケイ」

訊かれて慧は頷いた。バスタブでの睦言が消し飛んでしまうほど、恐ろしい。ベッドサイドで光っているのは、夕食のあとにジュードが見せてくれたマタタビ酒のボトル。縋るようにそれを見ている慧に気づいて、ハイダルがふっと微笑んだ。

「そなたは想像以上に初々しい。マタタビ酒の力を借りなければ、精神が崩壊するやもしれぬな」

「せ、精神が崩壊……っ？」

ますます逃げ腰になる慧を、エメラルドグリーンの目が笑う。心配するな、と。

「大切にする、ケイ。そなたは私の、この世でたったひとつのオレンジサファイヤなのだから。私を信じて身を任せなさい」

マタタビ酒のボトルを手に取り、中の液体を口に含み、雄々しい肉体が慧に覆い被《かぶ》さってきた。

くちづけられ……冷たくてほんのり甘いワインのような液体が、慧の喉を過ぎてゆく。

そのまま両手を拘束され、のしかかられ、唇を大胆に舐められた。

「これを飲めば、もう大丈夫だ。恍惚のままに、朝を迎えられると約束しよう」

「……――ぁ」

じゅく……っと、体の内側が濡《ぬ》れたのがわかった。

鳩尾《みぞおち》のあたりで、温かいものが広がった気がした。すると連鎖反応のように、体のそこかしこで小さな蕾《つぼみ》がほころび、次々に花開くような幻想に陥った。

慧の体を、舌が這う。肩を行き来し、鎖骨を辿り、乳首を優しく舐め回す。器用に動くハイダルの舌のせいで、慧の乳首はあっというまに熟して尖り、一気に感度が高まる。

「あぁ、あっ、あ……っ」

片方は吸われ、もう片方はつまんで扱かれ、慧はシーツに腰をこすりつけて悶《もだ》え続けた。

その動きに合わせるようにして、ハイダルが腰を押しつけてくる。

「あ……っ！」

硬いものが太腿の間に割りこんだ。不思議なことに、腿の痛みはまったくない。歩きすぎて麻痺《まひ》したのか、それともマタタビ酒の効能か。もしくは……もう慧に、この世界から逃げる理由がなくなったから、痛みが「浄化」したのだろうか。

ただ、腿に腕を挟みつけているかのような存在感には、恐怖しかない。この大きさに果たして自分が耐えられるのか、想像するだけで恐ろしく、怖くて涙が滲《にじ》んでしまう。

「もう少し……マタタビ酒を」

半泣きで懇願すると、ハイダルがボトルを呷《あお》り、慧の顔を両手で挟み、ぴったりと唇を合わせてくれた。注がれて、喉が大きく起伏する。

「マタタビ酒は、効いているか？」

訊かれて、はいと頷いた。「では、もうひとくち」と、ハイダルが目を細める。慧の髪を両手で梳きあげ、そのまま顔を持ちあげるようにして、いままでで最も深く、長く、濃密にくちづけられて……慧は一瞬、気を失った。

舌が絡みあう。追いかけ、捕まえ、愛しあう。

慧もハイダルの髪に指を差し入れ、積極的にキスを捧げた。体を入れ替え、お互いの屹《きっ》立《りつ》を舐めて勃《た》たせることも、口に含んで扱くことも、なにもかも全部ハイダルから教えられ、そして……。

ついにそれを求められたとき、迷うことなく脚を開いた。

ハイダルのうしろで、尻尾が揺れている。

ときおりその背に、ライオンの鬣が現れては消える。

ハイダルも理性と戦っているのだと知って、嬉しかった。自我を失いそうになっているのは、自分だけではないのだ。

グルル……とハイダルが呻《うめ》き、慧を求める。光っているのは、尖った牙。

だが大丈夫。ハイダルは慧を噛んだりはしない。ただ、普通より荒々しいだけだ。キスも、愛《あい》撫《ぶ》も、挿入も、なにもかも。

慧だって、もう何度放ったかしれない。

穿《うが》たれ、こすられ、突きあげられて、身を震わせながら腰を振るが、どう考えても慧と繋がるには、ハイダルのものは大きすぎた。微塵《みじん》の余裕も隙間もない状態で腰を揺さぶられる行為は耐え難く、涙が溢れる。それなのに、欲情は一向に鎮まらない。

「つらいか？　ケイ」

訊かれて慧は、涙をポロポロ零しながらも、首を横に振った。鬣に指を差し入れ、大切なものを守るように引き寄せ、「もっとください……」と懇願した。

どうしようもなく体が疼くのだ。どこもかしこも、おかしくなるほどハイダルの愛撫を欲してしまうのだ。

ハイダルが腰を引いたとき、慧は自分から俯《うつぶ》せになった。意図を汲んでくれたハイダルが、慧の腰に腕を回し、高く持ちあげ、小さな窪《くぼ》みを顕《あら》わにする。

人の形を辛うじて保っているハイダルが覆い被さり、腰を密着させてくる。すでにハイダルの体液で夥《おびただ》しく濡れているそこに、今夜何度目かになる強靭な塊が押しこまれた。

「は……んっ」

腰を叩きつけられながら乳首を潰され、勃起《ぼっき》したものをつかまれ、扱かれ、慧は酩酊《めいてい》したように腰を揺らし続けた。

「いまは……ライオンには、ならないで……ください」

「なぜだ？　……ああ、これか」

そう言ってハイダルが、慧の乳首を捏《こ》ねるように押した。その刺激でピクンッと体が小さく跳ねる。

「デリケートで、可愛らしい乳首だ。獅子の手では、こんなふうには愛でられない」

微笑んだハイダルが、腫れあがったそれをつまんで揉む。延々とそこを愛されて、慧は弱々しい悲鳴を漏らし続けた。

「ケイは、乳首を嬲られるのが好きか？」

教えてくれと囁かれ、唇を結んで黙っていたら、

「認めるのを躊躇するほど好きであれば、毎晩ここを愛でよう。明日や明後日《あさって》の話ではない。もはや永遠の約束だ。……この言葉の意味はわかるな？　ケイ」

微笑みまじりに回答を要求され、「はい」と素直に返すと同時に、乳首がキュッ……と硬くなった。永遠という言葉に心の感度も増幅し、爪の先まで幸せが満ちる。

身を捩って逃れようとすれば、却ってハイダルは逃すまいとして指で挟みつけ、行為を激しく、執拗にする。抵抗してもしなくても、どのみち喘《あえ》がされてしまうなら、もうハイダルにすべてを委ねてしまえばいい……と、慧は敢えて理性を捨てた。

開き直ってしまえばもう、自然に腰が前後に揺れる。するとハイダルも、もっと慧を喜ばせようとして、乳首だけではなく脚の間で震えるそれにも手を伸ばし、果てしなく感じさせてくれるのだ。

ぬるぬるした先端を指でこすられ、ああ……――と甘い吐息が漏れる。

同時に、ハイダルの指を濡らしてしまう。するとその濡れた指で、またしても慧の乳首を転がすように触れてくるから……終わりがない。果てしない。

初めてとは思えないほど満たされていた。心も体も。

マタタビ酒の効果だとしたら、ジュードに礼を言わなければ。……でも、わざわざ報告するのは恥ずかしいから、やはり内緒だ。

獣の姿勢で穿たれながら、慧は淫《みだ》らに腰を振り、喘ぎ続けた。

「痛みは？　ケイ」

出し入れしながらハイダルに訊かれ、黙って首を横に振った。下腹部いっぱいに詰めこまれる苦しさはあっても、痛みは微塵も感じない。

ハイダルはこんなにも大きいのに、そのサイズに体が順応しはじめている。ハイダルと繋がって、慧の体が悦《よろこ》んでいるのがわかる。ハイダルを受け入れるために体が変化したのだろうかと疑うほどに、しっくりくるのだ。

「……私と睦みあう時間は、好きになれそうか？」

「はい……とても」

「それはよかった。喜んでいるのが私だけでなくて、ホッとした」

腰をつかまれ、揶うように抉《えぐ》られた。慧はシーツに頬を押しつけ、されるがままに身を

揺らした。

膝に力が入らなくなり、へなへなと体が崩れる。それでもハイダルは慧を解放してくれず、耐え難いほど感じる場所を執拗に嬲ってくる。

そのたびに慧のうしろはキュッと締まり、ますますハイダルの硬さと太さに喘ぐのだ。激しい出し入れが気持ちがいい。初めてなのに、こんなにも濡れる。

穿たれるたびに快感が波のように押し寄せ、慧は何度も幸せの絶頂で花開いた。

「ケイはきっと、夜の営みが好きになる」

放ったばかりの濡れた先端を指先で撫で回しながら、ハイダルが微笑む。疼いてどうにもならないそこに触れられ、またすぐに噴きあげてしまう。マタタビ酒の効能とはいえ、まさか自分が、こんなにも淫乱だったとは。慧は自身の際限のなさを恥じた。

「マタタビ酒の、せい、です……っ」

涙ながらに弁解すると、ハイダルが腰の動きを止めた。

そして、自分の指を噛んで悲鳴を我慢していた慧を覗きこみ、歯の痕《あと》がついた指にキスしてくれながら、クスッと笑うのだ。

「あれは、ただのワインだ」

突如暴露された衝撃の事実に、慧は目を丸くした。

まつげが触れるほど間近で微笑むエメラルドグリーンの瞳に、「本当に?」と訊き返すと、肩を震わせて笑われて……。

「ええええええーっ！」

飛びあがらんばかりに驚いたら、カーッと顔が熱くなった。耳まで焼けて焦げそうだ。

「えっ、あの……、ウソだ、だって俺、あれを飲んだから、その……っ」

大胆な行為に耐えられたのは、マタタビ酒の力のはず。自分から脚を開いたのも、胸を突きだしたのも、腰を振ったのも、なにもかもマタタビ酒の影響のはず。

恥ずかしいことは全部マタタビ酒のせいにしていたから、あれやこれやをクリアできたのだ。それなのに。

「ただの、ワイン……？」

訊き返すのも恥ずかしい。顔が焦げる。慧は両手で頬を押さえた。そしてもっと恥ずかしいのは、いまもまだ慧の体は、ハイダルとひとつに繋がっている……という事実。

「うわわわわわわ……っ」

まだハイダルが入っているこのタイミングで、知りたくなかった。

とっさに慧は逃げようとしたが、ハイダルが許してくれるはずもない。

慧の腰を両手でがっしりとつかんで固定し、逞しいものを根元まで押しこみ、下腹部全体をこすりつけるようにして、ゆったりと腰を前後に揺らしはじめる。

「マタタビ酒などなくとも、じゅうぶん楽しんでいるではないか」

「いえ、そのっ、ぁあっ、んあ……っ」

「ケイの緊張をほぐすための機転だ。ジュードの粋な計らいに感謝せねばな」

「ジュードさんに、騙《だま》され、まし、た……っ」

「本当にそなたは可愛いな……ケイ」

怒るでないと笑いながら穿たれ、背後からしっかりと抱き竦められ、襟足の髪を掻き分けられ、うなじを少し強めに吸われた。

ますます優しく、ときには荒々しく嬲られて、すでにハイダルの愛で熟したケイの体は、とめどなく蜜《みつ》を滴らせる。

「ケイと出会えた私は幸せだ。ケイは？　そなたも幸せか？」

訊かれて、迷わず頷いた。

幸せだが、ひとつだけ文句を言わせてほしい。

初めての夜がこんなにも激しくては、体がいくつあっても足りません……と。


朝日が差しこむ時間になって、ようやくハイダルが慧から下りてくれた。

ほとんど気絶しているような状態で仰向けになっている慧の、額、鼻、唇、鎖骨、そして乳首まで丁寧に舐め回しているのは、半分ほどライオンと化したハイダルだ。半人半獣、慧と睦みあっているうちに、少しばかり野性に戻ってしまったらしい。

パタッパタッと、シーツを叩く音が気になる。首を起こして音の発生源を眇《すが》め見れば。

「……ハイダル」

「なんだい？　私のオレンジサファイヤ」

「尻尾が生えてます」

指摘すると、ハイダルが自分のうしろを振り返り、「おお」と笑った。見れば耳も生えている。

「いけない。完全に野性に戻ってしまうところだった」

そう言って微笑み、ゆっくりと人の姿を取り戻すとベッドに横になり、腕枕に誘ってくれた。

早朝の風がアーチの窓から吹きこんで、まどろむふたりを優しく撫でる。庭園のバラが咲いたのか、甘い香りも漂っている。

天の祝福を実感しながらハイダルの腕枕に酔いしれていると、ひんやりした感触が首に触れた。見れば、ハイダルが慧の首になにかをあてがっている。

「これ、なんですか？」

「私の印だ」

そう言って首に飾ってくれたのは、エメラルドグリーンの石がペンダントトップになった、レザーのチョーカーだった。

「これでそなたは、誰が見ても私の伴侶《はんりょ》だ」

「このチョーカーには、そういう意味があるのですか？」

「ああ。この国の慣習だ。契りを交わし、永遠の愛を誓った相手に、自身の目の色の石を贈る。いつも見ているぞという、浮気防止策でもある」

ウインクされて、笑ってしまった。浮気だなんて、頼まれても絶対にしない。もう慧の心と体は、獅子王ハイダルのものだから。

「これを私の目だと思え、ケイ。私はいつも、どこにいてもそなたを見守っている。決して失うでないぞ？　私に無断で外すのも許さない。よいな？」

言葉の端にちらりと覗くのは、独占欲だ。「わかりました」と返す声が歓喜で震えた。

でも、これを身につけるということは、ハイダルに抱かれましたと公言して歩くようなもので……かなり恥ずかしいことじゃないか？　と困惑も生じる。

ただ、それがこの国の慣習であれば、堂々と胸を張ればいい。なにせ相手はハイダルだ。恥じるなんてあり得ない。

「大切にします。ありがとうございます」

そういえばラーミーも、額にアメジストの飾りをつけていた。ということは、ラーミーも大切な人から贈られたのだろうか。想像するだけでドキドキする。なんてロマンティックな慣わしなのだろう。

「そうだ。だったら俺も、ハイダルに贈りたいです」

「それは困った。贈ることを許されるのは……食われるほうではなく、食うほうだ」

わかりやすい喩えでポジションを認めさせられ、顔が火照った。

このパートナーは少々野性が過ぎるが、それでも慧は幸せだった。

やっと心のままに生きられるのだ。それも、愛する人と一緒に。


絵本が完成したとの報せを受け、慧はハイダルとともにナージーに跨がり、町へ繰りだした。

ちょうど市場が出ている時間で、石畳の両側にはずらりと木箱やテントが並び、色とりどりの野菜や花、盛りだくさんの塩漬け肉、ガラスのランプや食器、布製品などが売られていた。

ガラス製品が豊富なサラビア国だけあって、どの店のテントの軒下にも、三角や四角のサンキャッチャーがぶら下がっている。

「あの形には、なにか意味があるのですか？」

ナージーに揺られながら訊くと、ああ、とハイダルがうしろで頷いた。

「よく気づいたな。真四角は飲食類、長方形は布製品、三角はガラス製品。複数ぶらさげているテントは、複数の品を扱っている」

店の看板代わりであり、目印ということらしい。そのサンキャッチャーは太陽光を優しく反射し、建物の外壁や足元の石畳に光の芸術を生みだしている。大声で呼びこむわけでもないのに賑《にぎ》やかで、華やかで、見ているだけで心が躍る。

テントの中から、「ハイダル王！」、「王様だ！」と、明るい声が飛んでくる。みなが振り向き、笑顔で手を振り、子供たちは陽気に駆けてくる。平和な暮らしそのものだ。

サリフの印刷所に到着すると、すでに子供たちが集まっていた。本当にハイダルは慕われているのだな……と、恋人の人気ぶりを誇らしく感じていたら。

「ケイさま、今日もお話をしてください」

「私、ケイ様にお手紙を書きました！」

「絵を！　私に絵をお教えくださいませ、ケイ様！」

俺？　と慧は自分を指した。子供たちが待っていたのはハイダルではなく、慧だというのか？

先にナージーから降りたハイダルが、慧に手を差し伸べてくれる。足元に気をつけながら助けを借りて降り立つと、子供たちが一斉に駆けよってきて、慧の両手を取りあうのだ。

他の子たちは背後に回って慧の背を押し、以前の読み聞かせのとき同様に、サリフの印刷所の外階段へ座らせようとする。

困惑してハイダルを振り向けば、行きなさい、と苦笑された。その優しさに後押しされ、慧は子供たちに囲まれながら石段に腰を下ろした。

奥から出てきた痩身のサリフが、賑やかな状況に目を細める。そして、

「待ちかねておりましたよ」

そう言って、一冊の絵本を手渡してくれた。

風を読むネコ――慧にとって初めての絵本が、ついに完成したのだった。


読み聞かせが終わったあと、しばらく拍手が鳴り止《や》まなかった。

頬を真っ赤にした子供たちの表情に、目の奥が熱くなる。慧は唇に力を入れ、泣かないよう必死でこらえた。

「風を読むネコ」は何十冊も印刷されており、集まった子供たち全員に行き渡った。印刷および製本代はもちろん無償ではなく、国費でサリフの印刷所に支払われるというのだから恐縮する。

もうひとつ恐縮したのは、慧から絵本を受け取る際、子供たちの誰もが慌てて衣服で手を拭いてから、両手を差し伸べたことだ。そのうえ「大事にします」とか「ありがとうご

ざいます」と口々に言ってくれるのだから、光栄すぎて言葉もない。

全員に献本し終えたときには、いまにも涙が零れそうで、子供たちの顔が霞んで見えないほどだった。

手を振って子供たちを見送ったあと、まだ慧はぼんやりしていた。

いつのまにか隣に立っていたハイダルに肩を抱かれ、「どうした？」と優しく促されたとき、幸せすぎる反動でポロッと涙が零れ、黙って首を横に振り、顔を伏せた。

お茶が入りましたよ……と、サリフの奥方が呼びかけてくれる。印刷所の奥へ赴く際、「すみません、顔を洗いたいのですが……」と奥方に小声で相談したら、涙のあとに気づいてくれた奥方が、優しくケイの背を摩《さす》り、裏庭の水場へ案内してくれた。

「こちらのタオルをお使いください」

「すみません。ありがとうございます」

白いタオルを受け取った慧は、その場で待ってくれようとする奥方に、「戻れますから大丈夫です」と苦笑して、しばしひとりにしてもらった。

いろんな感情が胸に溢れて、心臓がドキドキしている。まるで夢を見ているみたいで、こんなに幸せでいいのだろうかと怖くなる。

さて、裏庭というだけあって、庭で伸びた樹木の蔦《つた》が建物に絡まり、密林のごとくに伸びている。その対面には、色とりどりのガラスがモザイク状に埋めこまれた水場がある。

慧はその水場の前に立ち、鏡に自分の顔を映した。

生前の自分の顔をしっかり覚えているわけではないが、明らかに変化した。

自分で言うのもなんだが、表情が柔らかくなった。なによりも、鎖骨で光るエメラルドグリーンの石が慧に自信を与えてくれる。これを見るたび、触れるたび、ハイダルとの情熱的な夜が蘇《よみがえ》るからだ。

数えれば、初夜から五日が過ぎていた。その五日間、ハイダルは本当に毎晩……それまでは比較的時間をかけて夕食を味わっていたのに……短時間で食事を済ませ、すぐに慧の体に触れたがるようになったのだ。

『発情期だ、赦せ』――――それがハイダルの、いつもの言い訳。

連日の挿入はつらいから……と慧が言えば、ライオンの姿になって慧を執拗に舐め回し、ザラザラして長くて器用な舌だけでイかされたのは、ゆうべのこと。

自分だけが気持ちいいのは申し訳ないから……と、そのあとはちゃんと手と口を使って、もちろん慧もハイダルをお慰めしたけれど。

「……ダメだ、思いだすと照れる」

子供たちからもらった感動とは別の理由で頰が赤く染まってしまい、慧は慌てて両手で隠した。そして、さっさと顔を洗って席に戻ろうと、レバー型のハンドルに手を伸ばしたとき。

鏡の中に映る「それ」に、なぜか意識を奪われた。

伸びた樹木の中に、古びた井戸が佇《たたず》んでいる。

土台部分に貼りつけられているのは、色とりどりのモザイクタイル。とくに美しいわけでもなければ、珍しい形をしているわけでもない。ごく普通の井戸だ。蔦が縦横無尽に絡まっており、使用されていないのは一目瞭然《いちもくりょうぜん》。

だが、わけもなく心惹かれる。

振り返り、歩み寄った。びっしりと絡まる蔦をつかんで左右に分け、慧は井戸の中を覗きこんだ。

花柄のシーツ、クマのぬいぐるみ。壁を横切るのはチェックのリボン。

そこにクリップで飾られているのは、サークルの写真。数人で肩を組み、ピースして笑っているメンバーの中に……慧がいる。

ポストカードも下がっている。慧の大好きな版画家の……砂漠の夜の青い作品。あれはたしかミュージアムショップで、誰かと一緒に選んだ記憶……。

その部屋のベッドでクッションを抱え、女の子が肩を震わせている。

——あたしのせいで、ケイちゃんが死んじゃった！

井戸に、声が反響する。聞き覚えのある、この声は……。

「……レナ？」

慧は井戸の縁をつかみ、身を乗りだした。

手を伸ばしても、井戸の水には届かない。だがその遠い水面に波紋が広がるたび、レナの姿が揺らぎ、声が響く。

――告白なんかしなきゃよかった。そしたら、あんな早い時間にケイちゃんが、ひとりでホームに立つこともなかったんだもの！

「違う、レナ。そうじゃない」

――ケイちゃんの好きなココナッツジュース、一緒に飲も、って……飲んでから帰ろって、声をかければよかった。でもケイちゃん、ラインに返信してくれないし、誘うのが怖くて……。ごめんねケイちゃん、あたしが追いつめたせいだ、ごめん……。

慧は懸命に首を横に振った。でもレナはこちらに気づかない。違うんだ、レナのせいじゃない、答えもせずに逃げ回っていたのは俺だと、必死でレナに呼びかけた。

「レナ！　レナッ！」

水面に邪鬼のような靄がかかり、レナの姿が消滅した。続いて現れたのは、あまりにも懐かしい場所だった。そう、慧の自宅のリビングだ。

「母さん……？」

ダイニングテーブルに座っているのは、紛れもない、慧の母だった。母もレナ同様に顔を覆い、泣いている。

――もっと裕福な家庭だったら、慧がバイトに急ぐこともなかったのに。母さんが悪かったの。頼りない母さんで、ごめんね。痛かったでしょう？　怖かったでしょう？

慧、慧、慧……。

「母さん、違うって！　裕福とか、そんなの全然関係ないから！　俺、母さんのおかげで、やりたいことに専念できたんだし！　バイトだって楽しかったよ。いまだって、やっと夢が叶っ……」

呼びかける慧の声と、母の声が一瞬重なる。

――やっと夢が叶ったのに。

そう呟いた母が、目を真っ赤に腫らしてテーブルの上の封筒に手を伸ばす。

そのA４サイズの封筒の表に印刷されているのは、慧が応募した絵本賞の……出版社名。

その封筒から母が取りだした一枚の賞状に、目が釘付けになった。

『文学賞絵本部門　優秀賞　浅戸慧』

「優秀……賞？」

目を丸くして何度も確認してみるが、間違いない。はっきり印字されている。

「様子見《ようすみ》の泉だ」

ふいに声をかけられて、飛びあがらんばかりに驚いた。

バッと振り返ると、ハイダルがうしろに立っていた。困ったような、悲しんでいるような、複雑な視線を慧に注いでいる。

「……茶が冷めるぞ」

言いに来たのはそれかもしれないが、いま言いたいことじゃないのは明らかだ。

「これは現実ですか？　それとも邪鬼が、俺を誑《たぶら》かしているのですか？」

訊くと、ハイダルが首を横に振った。「残念ながら現実だ」と、慧にとっては最もつらい返答をよこした。偽らない誠実さが、いまはあまりにも残酷だ。

「死後を窺うことができる様子見の泉は、転生前の世の、現在の様子を見ることができる。ただし……」

「ただし……？」

嫌な予感に、ゴクリ……と喉が鳴る。

「転生してから一度きりだ」

慧は反射的に身を返して井戸に縋りつき、レナと母の姿を探した。ついさっきまで、頭が痛くなるほど反響していた声の断片を探そうとして、懸命に耳を澄ませた。

だが、底に溜まったわずかな水は波紋すら立ててくれず、蔦の絡まるポンプが佇むばかり。

「レナ！　母さんっ！」

呼んでも、返事はない。手を伸ばしても触れられない。

夢中で幻影を探しすぎて、体勢が崩れた。危うく井戸に落ちかける慧を、ハイダルがうしろから抱えこみ、引き戻す。

それでも慧は絶叫した。レナと母を必死に探した。ハイダルに止められても、しっかりしなさいと肩をつかまれても、いまはここが慧の世界だと説得されても……あの現実を見てしまったら、忘れることなど無理だ。

大切な人たちが悲しみ、いまも苦しんでいる。それも、慧のせいで。

それなのに自分だけ幸せになんて、なれない。


その日、慧は夕食を口にしなかった。翌朝も、水をひとくち飲んだだけだ。

食べないとお体に障りますよ……と、ラーミーが心配そうに声をかけてくるが、なにも喉を通らない。ミルクプリンたべましゅか？　とミシュアルが持ってきてくれたけど、今回ばかりは無理だった。

母は、ひと目でわかるほど痩《や》せていた。目は落ちくぼみ、顔色も悪かった。

いつも綺麗にブラッシングされていたレナの髪も、ボサボサだった。もしかしたら登校していないのかもしれない。

慧が転生して、こちらの時間で半月が過ぎた。その間ふたりとも、まともに食事をしていないのではないか。そう思うと、ご馳走《ちそう》に舌鼓を打っていた自分が嘆かわしくて、腹立たしくて、わずかでも幸せを感じた時間が、まるごと大きな後悔に変わった。


慧はこの夜も、ハイダルの手を拒んだ。

「私のことが嫌いになったか？」

「……いいえ」

「そなたと過去との、逢瀬《おうせ》を邪魔した。声をかけた私が憎いのであろう？」

「いいえ……ハイダル」

「あのとき私が声をかけなければ、そなたはもっと長く過去と関《かか》わり、過去との時間に滞在し、やがて未練に引きずられ、浄化の道を辿ったであろう。他の転生者のように」

それについては否定しない。あのまま……あと数分、様子見の泉を覗いていたら、現実と幻の区別がつかなくなり、井戸に身を投じていたかもしれない。

「転生を果たしても、空気となって完全に消滅する浄化を選択する者が多いと、前におっしゃいましたよね」

ああ、とハイダルが重々しく認める。

「ミシュアルにも訊いたんです。俺みたいな存在は、この国に何人くらいいるのか。でも答えをはぐらかされて、ああ、そういうことか……って気がついて。……でも」

「でも……？」

「自分が、その立場になって初めて……それの本当の苦しさがわかりました。てっきりみんな、過去が恋しくなって還《かえ》りたくなるのかと思っていました。還ったところで肉体はないのに。でも……だけど、違うんだ。夢中になりすぎて井戸に落ちてしまったり、それ以外にも……」

ハイダルからの返事はなかった。ただ、黙って慧の頬に掌を添えただけだった。

「大切な人たちが苦しんでいたことにも気づかず、幸せに酔っていた自分が恥ずかしくて、許せなくて、この世から消えてしまいたくなるんだ」

絶望に噎《むせ》び泣く慧を、ハイダルは朝まで無言で抱きしめてくれていた。


もしも――――――もしも。

自分の恋愛対象を、レナに告げていたら？

周囲に知られる可能性をも覚悟して、正直に告白していたら？

『無視するほど迷惑だった？』……そんなわけないだろ？　レナ。迷惑だったら、一緒に帰ったりお茶に誘ったりするわけないし。

たったそれだけのことを、なぜ伝えられなかったのだろう。

「俺、ゲイなんだ」――何度も打ちこもうとしてラインを閉じたのは、慧の弱さ。

既読未返信のまま死亡という残酷な「回答」をレナに押しつけてしまったのは、慧。

もしも――――――もしも。


今回の応募作を、最初に母さんに見せていたら？

母さんのことを描いた作品だと、照れずに報告していたら？

遺作のタイトルは『かあさんと、ぼく』。

かあさんが与えてくれた一冊の絵本から、男の子が妄想を膨らませ、かあさんとふたりであちこち旅をする話だ。

「大好きな電車の絵本を開いたら、線路の先は海へつながっていた。かあさんとぼくは、釣った魚をもぐもぐむしゃむしゃ。

線路はいっきに山を登って、かあさんとぼくはスキーを楽しむ。ふたりとも勢いがつきすぎて、空までシュルンッ！

スキー板はロケットに、スキーウェアは宇宙服に。星くずを大きな袋に集めながら、かあさんとぼくは月を一周。隕石《いんせき》とぶつかって墜落したら、そこはなんと西部劇の世界。

蒸気機関車に乗って逃げる、かあさんとぼく。気づけば景色は日本の桜。

きれいだね、お腹が空いたね、お花見しながら、お弁当食べよう。かあさんとぼくは、仲良くもぐもぐ。

楽しかったね、おいしかったね……。お弁当のフタを閉じたら、絵本も閉じた。

気がつけば、ここはいつもの、ぼくのうち。『おかえり』とかあさん、『ただいま』とぼく。旅行たのしかったねと同時に言って、あれっ？　と首をかしげる、かあさんと、ぼく」

この作品は、専門学校卒業の区切に、自分のスタート地点に立ち返るために描いた作品だった。だから受賞は二の次だった。本当に……そのつもりだった。

でも締め切りに間に合ったから、一応ダメ元で応募して、作品が返却されてから、改めて母さんに報告するもりでいた。

あの作品は、慧に夢と目標を授けてくれた母への感謝状だ。母が与えてくれた楽しい時間の集大成だ。いまは沈んでいる母の気持ちを、きっと癒《い》やせるはずだった。

「ごめん、ふたりとも。苦しめて、ごめん……」

ほとぼりが冷めるまで待とう……とか。

タイミンクが合ったときに話そう……とか。

避けているうちに諦めてくれるかも……とか。

そんなのは、全部「逃げ」だ。卑怯にも慧は、ずっと逃げていた。

いまもそうだ。ハイダルとの幸せな日常の中で、レナのことも、母さんのことも、後まわしにしていた。

忘れていたわけじゃない。心の隅に、ずっと引っかかっていた。それなのに、忘れたふりをしていたのだ。

問題から逃げる性格は、死んでも、ちっとも変わっていない。

相変わらず自分の問題に背を向け続ける、無責任な卑怯者だ。

だからこそ思う。

母やレナが悲しい思いをしているうちは、自分だけ幸せになんて、なれない。


まもなく太陽が昇る時間に、ハイダルは獅子の姿で砂漠にいた。

ハイダルは邪鬼の巣穴を探していた。そして、父王アムジャドの「気」も。

邪鬼ともつれるようにして砂漠にケイが落ちてきた際、間違いなく、父王アムジャドの気配を感じた。あのときの巣穴を、もう一度見つけるなど、不可能に近いことだ。わかっていながらハイダルは、いても立ってもいられなかった。

ケイが苦しんでいるのだ。優しさゆえに己を責め、置いてきた人たちの心情を想い、そこから動けなくなっているのだ。

様子見の泉は一度しか覗けない。だからこそ、見るタイミングがその後の運命を左右する。

残された人たちが立ち直り、新しい一歩を踏みだしたときにこそ見るべきであって、最も嘆き悲しんでいる状態で記憶に焼きつけてはならない。それをしてしまえば、永久に苦しむことになるから。

だが、死によって転生した者たちは、誰もがみな過去を懐かしみ、現状を知りたがる。そして後悔に噎び泣き……………浄化する。

ケイにそれをさせてはならない。だが、見てしまった光景を忘れさせることは不可能だ。ならば、やることはひとつ。後悔こそを「浄化」するのだ。

邪鬼からケイを守り、ハイダルのもとへ導いてくれたのが、本当に父王アムジャドであるならば、遡《さかのぼ》れるかもしれない。ケイがいた世界への道を。

『還すのか……』

風に問いかけられた気がして、ハイダルは鬣を振りあげ、天を仰いだ。

『それが望みか……』

「違う。還すのは手段に過ぎない。私の望みは、愛する者の幸福。それだけだ」

取り戻したいのはケイの笑顔であり、ケイの幸せだ。ケイを苦悩から解放し、楽にしてやりたいのだ。

いくらハイダルが愛を注いでも、心を過去に残したまま、満たされるようなケイではない。彼は繊細だ。気持ちを丁寧に紡ぐ人だ。だからこそ、惹かれたのだ。

愛が、足枷《あしかせ》になってはいけない。

「私は、ケイを愛しております。父王アムジャドを失って半年目、ケイが天から降ってきたときには、父王からの贈り物かと強い興味を抱きました。……ですが、違うのです。彼の勇気と心根に、私はすぐに虜《とりこ》になった。私がケイを選んだのです。送られたから愛するのではなく、私がケイを捕まえたのです。極論を申せば、ケイが邪鬼になったとしても……愛することをやめないでしょう」

天に向かってハイダルは叫んだ。

「愛しているから、解き放つのです！」

グオオオォォオ！　と、獅子の咆吼が砂漠に轟く。

「王としてではなく、ひとりの男として願います。ケイの魂をお救いください！」

地鳴りのように響いたそれは、砂漠全体に振動を起こした。

砂が舞い、地表が波打ち、風が起きる。

小さな竜巻がいくつも発生し、砂を巻きあげては消える。

「どうか力を、お貸しください！」

ハイダルの声は届いただろうか。敬愛する父王アムジャドに。

サラビア国の守護を担い、いまも砂漠の大気に生きる尊き魂に。

あの日以来、笑うことも創作することもできなくなってしまった慧の傍らには、つねにジャファルが寄り添っている。

慧に懐いたわけではなく、ハイダルに命じられて見張っているのだろう。弱った心の隙を突いて、邪鬼が入りこまないように。

「……ケイたま」

呼びかけたのは、ミシュアル。続いてコンコンとドアをノックしたのは、ラーミー。ハイダルの寝室は、就寝時を除いて常にドアが開け放たれているのだから、ノックなど不要なのに。

今朝《けさ》もふたりは、慧にミルクプリンを運んでくれた。でも喉を通らなくて、またお昼に……と断ったのを、「昼に食べる」と解釈してくれたらしい。ミシュアルが手にした小さなトレイには、ミルクプリンがみっつ載っている。

「いっしょに……たべようと、おもったでしゅ」

「ありがとう。俺のぶんは、ミシュアルが食べていいよ」

「食べなければ体力が保ちませんよ、ケイさん」

「……ありがとうラーミー。でも、食欲がなくて」

「昨日もそう言って、口にしたのは水だけではありませんか」

ラーミーにしては厳しい口調で、「せめて少し動きましょう」と、手を貸してくれた。

なんだか不思議だ。一度は死んだ身でありながら、食べないと弱ってしまうなんて。

ベッドから出て、ソファまで移動することはできた。だが、体以上に心が重くて、どう頑張っても、それ以上先へ進めない。

向こうの世界でも、こちらの世界でも、大切な人たちに迷惑をかけているのが苦痛でたまらない。だったらしっかりすればいい……と、わかっている。でもそれができないから、いっそ消えてしまいたい……と投げだしたくなるのだ。

良くない方向へ心が傾いている実感はある。そんな自分が怖くなる。ふとした瞬間に弱さに詆かされ、誤って「浄化」を選択してしまいそうで……怖い。

マイナス感情を払拭《ふっしょく》すべく、慧は何度も頭を振った。自分には、ハイダルがいる。愛する人と巡り会えたのだから、消えたいなどと本気で願うわけがないのに。

だが、慧が新しい世界で喜びに満たされること自体が、いまも慧の死の衝撃から立ち直れず嘆き続ける母たちを欺き、裏切り、見捨ててしまったかのようで……混乱するのだ。

「ケイたまと、いっしょに、たべたいでしゅ……」

「ごめん、ミシュアル。本当に……ごめん」

ふぇ……と、ミシュアルが泣きべそをかきかけたとき。

「……――――ギニャ」

ケイにぴったりと身を寄せていたジャファルが、バッと顔をあげた。

なにかを探るかのようにピンと伸ばした長毛を、慎重に広げる。

そのジャファルの耳をジッと見つめるミシュアルの赤い瞳が、炎のように揺れる。そしていつかのように、らしからぬ声音と口調で通訳を始めた。

「……夕刻、役目を終えた太陽が砂漠にかかり、大地に沈みきるまでの間、空が割れる」

邪鬼が来るのか？　と、慧は焦燥した。自分の暗い思考が、この平和な国に悪いものを呼び寄せてしまったのかと、勝手に責任を感じてしまう。

そのときハイダルが部屋に入ってきた。いつもと異なり、戦闘色……黒地に金糸を織りこんだトーブと、金のシュマッグに身を包んでいる。

昨晩も同じベッドで横になり、だが太陽が昇る前に、黙って出ていったきりだった。顔つきは……険しい。

「慧、これに着替えなさい」

「これって……」

ハイダルが手にしていたのは、見覚えのあるグレーのパーカーと黒いフェイクレザーのジャケット、ワークパンツ、そして黒のローカットスニーカー。

慧の脳裡に、真冬の荻窪駅が蘇る。

「それ、俺の……？」

頷いたハイダルが、服はソファへ、スニーカーは足元へ置いてくれた。そして唐突に、

「七分だ」と、これから慧が成すべきことのタイムリミットを告げた。

「太陽が地平線にかかり、沈みきるまでの時間、そなたを現世に戻す」

ハイダル様！　と驚いて目を剝くラーミーを片手で黙らせたハイダルが、慧の前に片膝をつき、両手を強く包みこむ。

大きく、暖かく、優しい手。慧を見つめるその目は強く、まっすぐだ。慧を愛するときの情熱も同時に宿している、この世で一番愛しい目だ。

「そなたの思いは、向こうでなければ浄化できない。ここにいても、なにも変わらない。そなたが憔悴《しょうすい》するばかりだ」

「ハイダル……」

ただし、とハイダルが補足する。

「そなたはもう、私の伴侶だ。逃げることは許さない」

だから、とハイダルが慧を見る。

「太陽が姿を隠す前に、必ず帰ると誓ってくれ。私のもとへ、必ず」

慧はその目に魅入られた。逃げることなど考えられない。

目を逸らさずに慧は誓った。「必ず、あなたのもとへ帰ります」と。

ハイダルが笑顔で頷く。それでこそ私のケイだ、と。

「時間にして、およそ七分。私の石がそなたの胸で輝く間は、太陽は大地を照らしている」

言われて、慧はチョーカーのペンダントトップをグッと握った。発光などするはずのないそれがパァッと輝き、慧の右手の甲がエメラルドグリーンの光に包みこまれる。

すぐさまラーミーが身を翻し、瞬時にライオンへ変身し、バルコニーから外へ向かって咆吼した。


ラーミーの咆吼を耳にした王族たちの行動は早かった。

巡回中の砂漠からも、町からも、全員が一斉に戻ってきた。人ではなく獅子の姿のままで、ハイダルの寝室に集結した。

金や茶色の鬣がひしめく中、料理長のユニフォーム姿でフライパンをつかんで立っているのは、ジュードだ。昼食の準備中だったのだろう。

ソファに座る慧の手を取ったまま、ハイダルが話を続ける。獅子の王族の家臣たちも皆、前脚をピンと伸ばして腰を下ろし、ハイダルの話に集中する。

「ケイは向こうに残してきた問題を、片づけに行かねばならぬ。その間、時空の穴は開いたままになる。邪鬼が溢れだす可能性に備え、我々は全員、戦闘態勢で砂漠に立つ。よいな？」

ハイダルが全員を見回すと、家臣たちがどよめいた。

「ここぞとばかりに、邪鬼が降りてきますな」

「ケイさんを送りだすと同時に、ひとまず穴を閉じてはいかがでしょう？」

「閉じてしまったら、我々が次に開けるまで、ケイさんが戻れなくなるではないか」

「開けるまで、待てばよいのでは？」

「時空の穴で待つなど、邪鬼の餌《えさ》になれと言っているようなものだ」

「それよりも太陽が沈みきるまで、我々は邪鬼の放出を食い止めきれるのか？」

「邪鬼が放出されるとは決まっておらぬ。まったく来ないかもしれない」

「来ないかもしれないということは、来るかもしれないということだ」

家臣たちの不安は、慧の不安でもあった。家臣たちだけでなく、サラビア国を危険に晒してまで戻ってもいいのか……と、頭の中で何度も反芻《はんすう》する。だがそのたびに、母とレナの泣き声が心臓を締めつけ、なにも言えなくなってしまう。

そんな慧の迷いを払拭してくれたのは、料理長のジュードだった。

「万が一に備え、体力を蓄えねば！　これより腕によりをかけて、皆に鹿肉と羊肉の特別な料理を振る舞おうぞ！」

家臣たちがドッと笑った。口々に、「そうだ、食わねば」だの、「血の滴るレアで頼む」だの、「スパイスは強めに」だのと注文をつけはじめ、「来なければラッキー、来たら戦って勝てばよいのだ！」と場を盛りあげ、慧を励ましてくれたのだった。

「我々は誇り高きサラビアの獅子。邪鬼など鼻息ひとつで吹っ飛びますゆえ、ご安心を」

「ただし日が沈むまでに、必ずご帰還くださいませ。ハイダル王が悲しみますからな」

最前列のライオンたちが慧に微笑み、うやうやしくお辞儀する。涙をこらえて頭を下げると、その慧の肩に手を添え、ハイダルが勇気を分けてくれる。

「私がこの目で、そなたを追う。決して見失ったりしない」

「……はい」

「万が一そなたが出口を見誤っても、私が時空の穴に飛びこみ、必ず連れ戻す」

「そんな危険な真似《まね》はさせません。絶対に」

強気に返したら、ハイダルが嬉しそうに頷いた。

「ならば微塵も迷うな。迷いは邪鬼を呼び寄せる。餌になりたくなければ、意志を強く持て、ケイ。わかったな？」

「はい！」

感極まって、声が震えた。

そしてハイダルはといえば……家臣たちに注目されているにもかかわらず、慧のうなじに手をかけて引き寄せ、激しい口づけをくれたのだった。


慧は砂漠に立った。ジャファルが示す、その一点に。

あの日、ここへ落とされた姿で。

「まもなくだ、ケイ。覚悟はよいな？」

はい、と慧は頷いた。そして、ふ……と微笑みかける。

「俺のデイパック、帰るまで……預かっておいてください」

「もちろんだ。必ず帰ってこい、ケイ」

「絶対に帰ります」

ケイはハイダルを見つめ、ハイダルも慧を見つめていた。

空が割れる瞬間まで、互いだけを瞳に映した。

太陽が地平線にかかった瞬間、雷に打たれたような衝撃が走った。

急激に視界が歪み、足元が崩れ、ものすごい力によって吸いあげられ、そして――。

獅子族たちが見守る中、慧は砂漠から姿を消した。

慧は、リビングにいた。

マジか、と思わず声が漏れた。本当に時空を越えて戻ってきた。……でも、戻れると信じていた。信じていたのは、ハイダルをだ。

ゆっくりと部屋を見回し、懐かしさのあまり「ああ……」と感嘆が漏れる。

壁の時計は、午後六時。もしもまだ、いつもと同じ勤務体制なら、あと三十分ほどで母が帰ってくる。

「ごめん、母さん。俺、その時間までいられないんだ」

電気代の節約……と、母は絶対に電気を点《つ》けっぱなしにしなかった。それなのにテーブルの上の照明が点いたままなのは、ひとりの部屋に帰宅するのが寂しいからかもしれない。

様子見の泉で見たとおり、ダイニングテーブルには封筒が置かれていた。そして、慧が死の直前まで使っていたスマホも。

いままでは母への形見となったこのスマホは、果たして電源が入るのだろうか。試しにホームボタンを指で押したら、点いた！　もしかしたら毎日充電してくれているのかもしれない。……きっとそうだ。解約せず、手元に置いてくれているのか。

「……勿体ないじゃん、契約料が」

呟いて、慧はクスッと笑った。笑うと、ますます切なくなる。

タップして、懐かしい写真を開いた。全部見たいが、時間はあまりにも限られている。

慧はラインのアプリをタップし、レナと交わしたトーク画面を開いた。

言葉を選んでいるヒマはないし、選ぶ理由も建前も、もう慧には必要ない。

ただ素直に、正直に、「次の瞬間死ぬとしたら、どう伝えたいか」を、一度は死んだ身として考え、思うままを綴《つづ》った。

『告白ありがとう。びっくりしたけど、めちゃくちゃ嬉しかった！　でも、じつは俺ゲイなんだ。黙っててごめん。バレるのが怖くて言えなかった。でもレナのことは大好きだから、いままでどおりジュースやランチしようぜ。レナは俺の大事な友達だ。これからもよろしく♪　ところで俺、文学賞の絵本部門で二位だぜ？　なんと優秀賞！　ドリアンの洗礼、受けて立つ！』

やっと言えた。やっと書けた。これが慧の本心。送信ボタンを押したとき、大きな肩の荷が、ひとつ降りた。

不思議なことに送信日時は、あのホームにいた日時と同じ。電波障害か機械の不具合で、いまごろ届いたと解釈してくれたらありがたい。

続いて慧は、出版社から届いた受賞連絡の封筒から賞状を取りだし、その栄誉を目に焼きつけた。

嬉し泣きをこらえ、卓上カレンダーの横に立ててあるペンスタンドからボールペンを手に取り、「大好きな母へ捧ぐ」と書いた。

この歳《とし》になって、自分の母親に「大好き」だなんて気恥ずかしい。でも、いましか言えないから。

賞状の他に、批評も同封されている。「タイトルが、いま一歩。出版の際には再考を」と書かれていて、それには大きく頷いた。

「かあさんとぼくの、絵本旅行。……で、どうかな。うーん、いまいちタイトルセンスがないなぁ」

一応は提案として批評用紙の余白に書き、「ボツったら母さんに任せます」と一筆添えた。

優秀賞の賞金は、最優秀賞の半額の五十万円。それに加えて書店販売と印税だ。一位じゃないところが自分らしい。こんな自分にホッとする。誇らしさで胸がいっぱいだ。こんな気持ちは初めてで、やっと自分を、心の底から肯定できた。

少しは母に恩を返せただろうか。でも母は、「恩返しなんてしなくていいから」と拒むだろう。母のことだから、賞金や印税には手をつけないかもしれない。でも使ってほしい。母のために。

だから慧は追記した。『賞金で温泉旅行でもしなよ。母さんが楽しいと、間違いなく俺が幸せだから』と。

本当はこの賞金で、慧が母を旅行に連れていってあげられればよかった。電車に乗って、駅弁を買って、観光地を回って、土産《みやげ》も買って……。

「……あー、ダメだ。泣けてくる」

グスッと鼻を啜《すす》り、慧は壁の時計を見た。あと二分でタイムリミットだ。

でも日の入りには多少の誤差があるだろうし、ふたつの世界を行き来する際にかかった時間も、まったく読めない。王族のみんなを危険に晒す時間は、一秒でも少ないほうがいい。要するに、のんびりしてはいられない。

喉元のチョーカーをグッと握ると、手の甲がふわり……と光った。大丈夫。ちゃんとハイダルと繫がっている。帰るべき場所はサラビア国。戻らなければ。ハイダルのもとへ。

だが同時に、母の明るい声が聞こえる。もう二度と言葉を交わすことのない、たったひとりの大切な母の声が。

『……勤めたい会社に出会えないなら、いま無理することないんじゃない？　一生なんてね、思うほど長くないから。やりたいことをやりなさい。……不安？　ないわよ。慧ならやれるって信じてるから……』

「母さん……っ」

恋しくて、切なくて、嚙みしめた唇が震える。

描くよ、母さん。

母さんが言ってくれたとおり、やりたいことを、やるよ。

これを命と呼んでいいのか、まだ混乱しているけれど。命あるかぎり、この気持ちが続くかぎり、描き続けるから。

だから心配しないで、母さん。

大好きだよ、母さん。俺の、母さん。

ひとりにして、ごめん。先に逝って、本当にごめん。

ありがとう、母さん、母さん、母さん――。


もしかしたらケイは、戻ってこないかもしれない。

こないのか、こられないのか。

それでもハイダルは、ケイの心残りを浄化してやりたかったのだ。

「よかったのですか？　ケイさんを行かせて」

ハイダルと同じ獅子の姿で、ラーミーが問う。ハイダルは黙って頷いた。

さっきからバチバチと放電している空中の穴は、真っ暗だ。いまだに邪鬼が這いだす気配はない。このままなにごともなく、ケイが無事に降り立つのを祈るばかりだ。

「愛しているのに、手放したのですか？」

「愛しているからこそだ、ラーミー。お前だって父王アムジャドが……老いて動けぬ姿を民に晒すより、意識があるうちに浄化を選ぶと申した際、本人の意志を優先させましょうと申したではないか。アムジャドの愛は永遠に額で輝き続けるから、それでよい、と」

横目で睨むと、「意地悪な言い方ですね」とワンクッション置いてから、「ごもっともです」と潔く認めた。

「だから念じてくれ。ケイの魂がサラビア国へ帰れるよう、心から願ってくれ。たとえ邪鬼に邪魔されようとも、念が強ければ抗う力になるはずだ」

ハイダルの声に、ラーミーも、ジュードも、大きく頷く。

「もう、じぇったいに、いじわるしましぇん！　しゃばくにおいてきぼりなんか、しましぇんっ。だから、もどってきてくだしゃい、ケイたまっ」

ナージーの背に跨がったミシュアルは、ジャファルを抱きしめ、ずっと空を睨んでいる。ここに邪鬼でも現れようものなら、あの赤い目で燃やし尽くしてしまいそうな迫力だ。

ナージー・ジュニアも、母を真似てしっかりと四つ足を踏ん張っている。

王族の獅子たちも、全員がケイを待っている。

ジャファルが「ギニャッ！」と空中を見あげた。

きたでしゅ！　とミシュアルが叫ぶと同時に、ナージーが威嚇の声を放った。

身構える王族の獅子たちの前で、突如、放電が起きた。空中に黒い靄が発生し、「来るぞ！」とハイダルは喊声《かんせい》をあげた。それに応え、全員が吠えたてる。

その靄の奥でキラッと光ったのは、エメラルドグリーン！

「ケイッ！」

だが、その光にまとわりつき、奪うようにして闇へ引きずりこもうとする黒い靄……邪鬼たちは、徐々に大きく膨れあがり、ケイの帰還を阻みながら、砂漠への降下を図ろうとする。

「ガアアァァアアア――――ッ！」

獅子王ハイダルと王族の獅子たちは、一斉に牙を剝き、咆吼した！

砂を蹴り、飛びかかる。靄を散らし、消滅させる。だが靄は濃く、厚く、ドロリとした重々しい湿度をまとい、獅子たちの爪の動きを鈍らせる。

「たいようがっ」

きえましゅ！　とミシュアルが叫んだとき、ハイダルは見た。

ケイの首に食いこむ、木の根のような邪鬼の手を。

ハイダルは牙を剝き、一層猛々しく咆吼した。ビリビリと大地が揺れ、空気が震え、砂埃が舞いあがる。

ハイダルは靄に飛びかかり、逆立てた鬣を振り回した。

ケイに絡みつく邪鬼どもを爪で裂き、牙を立て、時空の穴を食い破り、王者の咆吼を轟かせた。

怒号は激しい振動を起こし、無数の落雷を発生させた。

時空の穴が、捻《ねじ》れながら悲鳴をあげる。噴きこぼれるように溢れた靄が、落雷を受けて蒸気になる。邪鬼が怯んだ隙に、ハイダルはケイの背に爪を立て、力任せに引きずり落とした、その直後。

太陽が地平線に沈み、時空の穴が消滅した。

肩で息をつきながら人型に戻ったハイダルは、砂上に伏せているケイに飛びつき、仰向けに返して抱き起こした。

「ケイ、ケイ、ケイッ！」

ケイ自身も懸命に邪鬼と戦ったのだろう。顔には無数の擦り傷があった。曲がったまま硬直している両手の指は、時空の摩擦で生じたと思《おぼ》しき切り傷で、血に染まっていた。

ハイダルはケイの頰を叩き、必死になって呼びかけた。

「よくぞ戻った、ケイ！　ケイ、私のケイ、頼むから返事をしてくれ！」

強く抱きしめ、頰を押しつけ、夢中で唇を貪った……ら。

「苦しいです、ハイダル様」

……と。

「ケイ！」

生きておったか！　と美しい目を覗きこむと、ケイが笑った。死ぬのは一度でじゅうぶんです、と。喜びが過ぎて、ハイダルは反射的に唇を押しつけた。

「ああ……、ケイ！　私のケイ。すぐにでも式を挙げよう。結婚式だ！　サラビア中に知れ渡る、盛大な式を催そう！　もう二度とそなたを離さぬ。二度とだ！」

顎にも、頬にも、こめかみにも、耳の下にも。まだ足りなくて唇に戻り、夢中になって貪っていたら。

コホン、と咳払《せきばら》いが聞こえた。ひとつではない。続けざまに、みっつ……よっつ。実際には、家臣全員に咳払いされたのではないだろうか。

「お気持ちはわかりますが、子供の前でもありますし、続きは城でお願いします」

ミシュアルを背負ったラーミーに釘を刺され、家臣たちには大笑いされ、ハイダルは仕方なくケイに手を貸し、立たせた。

だが、すぐに引き寄せて熱烈に口づけ、結婚を誓わせることだけは忘れなかった。

城に戻るやいなや、慧はハイダルに服を脱がされた。

他に怪我はないか？　よく見せなさいと心配する口調は建前で、チョーカーだけを身につけた裸のまま横抱きにされ、さっさとベッドへ運ばれた。

「……俺の体、埃だらけですよ？　ハイダル」

「構わぬ。私も砂だらけだ。……隅々まで舐めて清めてやる」

ぷっと笑って、慧はハイダルの顔を撫でた。ライオンの姿になったり、人間になったり、今夜のハイダルは落ちつきがない。興奮がそうさせるのだと思うと……嬉しい。

「……会いたかったです、ハイダル」

「私もだ、ケイ。必ず会えると信じていた」

ハイダルが慧の手を握り、指先にキスしてくれる。その口元がマズルになり、硬い髭が伸び、長い舌で慧の手をペロペロと舐めはじめるから、くすぐったくてたまらない。

「染みるか？　ケイ。痛くはないか？」

訊かれて慧は、首を横に振った。血に濡れてはいたが、もう全然痛くない。ハイダルの優しさが、痛みを癒やしてくれるから。

感情に応じて現れるライオンの耳や鬣を両手で掻き分けたり指で梳いたりしながら、慧は自分から脚を開いた。

こんなにも清々《すがすが》しい気持ちで、またハイダルの腕の中に戻れるとは思わなかった。……いや、思っていたからこそ感情を乱すことなく、冷静に「お別れ」できたのだ。

慧のラインを読んだレナは、びっくりしたに違いない。驚いて何度も読み返し、たぶん泣いて……最後には笑ってくれたらいい。慧のためにドリアンのジュースを買い、部屋に飾られていた集合写真を前に乾杯してくれたら、とても嬉しい。

慧の置き手紙を見た母は、唖然としたに違いない。慧の名を呼び、部屋中を探し回ったかもしれない。……そして、信じてくれるだろう。死んだあとも相変わらず夢の国で、創作を続けていることを。そんな息子を誇りに感じてくれたら……嬉しい。

「……――心残りは整理できたか？」

訊かれて、慧は微笑んだ。「あなたのおかげで浄化できました」と、心から感謝した。

「戻ってくるとき、暴風雨の中を魔法のじゅうたんで飛んでいるみたいでしたよ。子供のころからの憧れのじゅうたんに乗って、邪鬼から逃げて、結構な大冒険でした」

「すると、次の絵本はケイの冒険譚《ぼうけんたん》だな？」

言われて、慧はクスクス笑った。そしてハイダルのために頭の中で絵本を開き、特別な読み聞かせを披露した。

「心残りの整頓《せいとん》を終えた男の子は、愛する王様の待つ異世界へ戻りました……です」

「ふむ。それで？」

「時空の穴を遡る途中、何度も邪鬼に襲われたが、男の子に不安はありません。なぜなら、王様から授かった第二の目があったからです。それは、強く握りしめるたびエメラルドグリーンの光を放ち、邪鬼を吹き飛ばし、男の子を救ってくれました」

「おお、私の目が役に立ったか！　それで？　ケイ。最後はどうなるのだ？」

慧の肌や髪を撫でながら、ハイダルが話の続きを待っている。慧はハイダルの頬に両手を添え、主人公の男の子になりきって、幸せいっぱいの声で伝えた。

「国に戻った男の子は、愛しい王様と結婚式を挙げました。そして楽しい家臣たちとともに、いつまでも幸せに暮らしましたとさ。めでたし、めでたし」

砂漠に咲いた愛の物語です、と締めくくったら。

エメラルドグリーンの瞳が近づいてきて、慧の想像を遙かに超える、熱くて甘いハッピーエンドのキスをくれましたとさ。

おわり

砂漠に咲いた愛の物語

コンコンとドアをノックされ、慧《けい》は肩越しに振り向いた。

ドアを開け、慧を視界に捉《とら》えたハイダルが、「ほぅ……」と長い溜《た》め息《いき》を落とす。

「これはまた、一段と美しい……！」

いつもなら恐縮する場面だが、今日はハイダルの賞賛を素直に受けとった。なぜなら、慧もまったく同意見だからだ。

「ですよね、ハイダル。トーブの発色がすごく鮮やかで、見た瞬間に感動しました。ハイダルの瞳《ひとみ》だ！　って。スタンドカラーの高さがかっこいいし、オレンジのシュマッグもベールみたいに長くてゴージャスだし、このブーツみたいなサンダルもおしゃれで履きやすいし、バングルも光を反射して本当に綺麗《きれい》で……」

衣装の美しさを夢中で語っていたら、いつのまにか慧の前に立っていたハイダルに、親指で唇を押さえられた。見れば、目が笑っている。

「ケイ。私が褒めたのは、ケイ自身だ」

片方の眉《まゆ》を撥《は》ねあげて苦笑され、ついでに顎《あご》を持ちあげられてチュッとキスされ、ポッと顔が熱くなった。

「ハイダルこそ、一段と……その」

「一段と、なんだ？」

ん？　とまつげが触れあう至近距離から催促され、ドキッと心臓が跳ねた。どうして慧の夫は……というか、パートナーは、こんなにも情熱的な眼差《まなざ》しを、飽きもせず慧に向けるのだろう。

慧がサラビア国に転生してから、今日でちょうど一カ月。毎日この美しく聡明《そうめい》な瞳に見つめられ、見つめ返し、夜な夜な愛し愛されながら、一向に慣れる兆しがない。

ドキドキを抑えきれないまま、慧は慌てて称賛の言葉を掻《か》き集めた。そして丁寧にラッピングするような気持ちで、これから永遠の伴侶《はんりょ》となる愛《いと》しい人に捧げた。

「今日のトーブも、すごくお似合いです。オレンジサファイア……ですよね？　エメラルドグリーンの瞳がますます映えて、素敵です。シュマッグも不思議な色ですね。黒……じゃない。プルシャンブルーかな？　光に透けるとプリズムバイオレットみたいだし……」

讃《たた》えつつ検分するそばから、右手がそわそわ動きだす。そんな慧の腰に手を添えて引き寄せたハイダルが、いつものように頬《ほお》や顎にキスの雨を降らせてくる。

だが慧は、それを回避して身を翻した。そして、カウチソファに置きっぱなしのデッサン帳と鉛筆を手に取り、くるっとハイダルを振り向いた。

慧のあとを追ってきたハイダルに掌《てのひら》を向け、腕の長さ三本分の距離を確保し、「動かないでください」と真面目《まじめ》な声でストップをかける。

「急いでデッサンしちゃいますね」

「……ケイ？」

「あ、忘れないうちに、インクで着色もしておこう」

「……ケイ」

「…………」

「ケーイ」

「はい？」

鉛筆を走らせながら、適当な相槌《あいづち》を返したら。

先に結婚式を挙げないか？　と、呆《あき》れ顔で肩を竦《すく》められた。

今日はサラビア国王ハイダルと、浅戸《あさど》慧の結婚式だ。

この日のために料理長のジュードが三日前から煮こんでいる豚肉は、口に入れた瞬間に蕩《とろ》けるほど柔らかく仕上がって、近年稀《まれ》に見る傑作らしい。色とりどりの野菜たちもサラダバーのように庭園のワゴンに並べられ、ウェディングパーティーの準備は完璧《かんぺき》だ。

サラビアの民も、続々と南の庭園に集まっている。子供たちの賑《にぎ》やかな声が、まるで太陽のかけらのようにキラキラと空間に反響している。

ケイはハイダルにエスコートされ、城の外へ足を踏みだした。バルコニーからお手振り……などという隔たりはない。王族も民も、みな同じ目線で幸せを共有するのだ。

平等で、公平で、信頼に満ちた美しい国だからこそ叶《かな》う距離感が、慧にはとても心地いい。幸せすぎて、この地に溶けてしまいたくなる。

ハイダルと慧が姿を現すと、ワッと歓声が湧《わ》いた。続いてサラビアの民たちが美しいガラスや宝石のアクセサリーを胸の前に翳《かざ》し、自身の純白のトーブに光を映し、一斉に祝福を捧げてくれる。

あれは、おそらく花束代わりだ。生花の鮮度を保てない暑い国だからこそ生まれたアイデアだろう。だからトーブが白なのか……と納得至極。理に適《かな》っている。

そう、今日は主役のふたり以外……参列者は、全員白のトーブで統一している。慧が元いた世界では、ウェディングに純白が許されるのは花嫁のみだから、完全に逆だ。

「ケイ、心の準備は？」

整っているか？　と笑顔で訊《き》かれ、はい、と微笑《ほほえ》み返した。手を、と言われて右手を差しだし、ハイダルの左手に載せた。ハイダルが一歩踏みだす。その歩みと同じ歩幅で、慧も胸を張って前に進む。

ふたりの頬を風が撫《な》でる。空気は澄み、風はそよぎ、日差しは珍しく穏やかで、庭園でのウェディングパーティーにふさわしい日和《ひより》だ。

「父王アムジャドからの、祝福かもしれぬな」

「きっとそうです。間違いありません」

愛しい人を見つめると、極上の笑顔で頷《うなず》き返してくれた。

南の庭園の噴水までは、金の絨毯《じゅうたん》がまっすぐに敷かれている。某映画祭のレッドカーペットのようなそこを、慧はハイダルと一緒にゆっくり進んだ。

絨毯の左右には、王族とサラビア国の民たちが入り交じり、ハイダルと慧に向かって惜しみない拍手を送ってくれる。

「ご結婚おめでとうございます！」

「おめでとうございます、ハイダル王！　ケイ様！」

あちこちから投げかけられる祝福の声に、慧は照れながら会釈した。

「ケイさまっ！」

最前列で手を振るのは、アリーとハウラだ。慧の絵本「風を読むネコ」の大ファンだと言ってくれるこの子たちは、いまでは慧の愛弟子《まなでし》だ。一日おきに城へやってきて、慧から絵を学んでいる。

たちまち減ってゆく画材への不安は、印刷所のサリフが取り除いてくれた。天然石やガラスを細かな粒子にして顔料を作り、サラビアゴムの樹木の種から抽出した成分と混ぜて粘度を持たせることで、美しい発色の絵の具を作りだしてくれたのだ。

いまアリーとハウラが広げている大きな布には、大地と風と太陽がシンボリックに描かれている。そう、旗だ。三日前、ふたりと一緒にデザインしたサラビア国旗を、今日のために、大きな布に描き起こしてくれたらしい。

「ハウラ、アリー。すごく上手に描けてるね。ありがとう！」

感謝を伝えると、ふたりが旗を上下に振り、嬉《うれ》しそうにぴょんぴょん飛び跳ねた。

噴水の前に到着すると、慧はハイダルと向き合った。拍手が消え、静まり返る。噴水も止まり、静けさがあたりを包みこむ。

「これより、婚礼の儀を執りおこないます」

ハイダルの筆頭家臣・ラーミーの、清涼感溢《あふ》れる声が響き渡った。

そしてハイダルの息子と言っても過言ではないミシュアルが、美しいガラスのトレイに宝石を……時空で慧を守ってくれた、あのチョーカーを載せ、慧たちの前に立った。

「おめでとうごじゃいましゅ、ハイダルたま、ケイたま」

ルビーのような目をうるうると潤ませるミシュアルに、ケイはそっと顔を寄せ、ありがとうと微笑んだ。続いてハイダルがミシュアルの頬にキスをし、宝石を譲り受ける。

「サラビア国王ハイダルより、アサドケイへ、マリッジストーンをお贈りください」

進行を司るラーミーの額でVの字に垂れた髪飾りのアメジストも、マリッジストーンなのだと、いまさら知った。

ということは、ラーミーは、亡きアムジャド王の妻であり后《きさき》なのか？　するとポジショ

ン的にはハイダルの親で……と、考えだしたら止まらない。ハイダルに確認しようと目を上げると。

「ケイ、ひとつだけ確認したい」

先に訊《たず》ねられ、なんですか？　と眉を撥ねあげると、やや不安げに囁《ささや》かれた。

「このマリッジストーンは、ひとたび額に飾ったが最後、外すことは不可能だ」

「不可能……？」

思いだしたのは、邪鬼との戦いの夜。ライオンの姿になっても、ラーミーの額ではアメジストが輝いていた。そしていまラーミーを盗み見れば、その美しい額には相変わらずアメジストが輝いている。亡きアムジャド王の瞳と同じ色のストーンが。

「私の目が、そなたの額で永遠に輝くのだ。後悔があるなら、いまのうちに……」

いつになく気弱な口ぶりを、慧は苦笑で押しやった。「ありません」と。

「後悔どころか、光栄です」

返したとたん風が凪《な》ぎ、慧のシュマッグがふわりと靡《なび》いた。アムジャド王の祝福だ。

ハイダルが慧のシュマッグを外し、ミシュアルに預ける。そして慧の髪を指で優しく梳《す》きあげてからマリッジストーンを持ちあげ、慧の額にそっと押し当てた。

「……あっ」

一瞬、額が熱くなった。マリッジストーンが体の一部になったのを実感し、反射的に背筋が伸びる。

試しに指で触れてみたが、実際には熱くない。どちらかといえばひんやりしている。いつも慧を冷静に導いてくれる、ハイダルの瞳そのものだ。

「これでそなたは、名実ともに私の伴侶だ」

両手で頬を包まれ、額にキスされ、そして――。

唇が重なると同時に、勢いよく噴水があがった。

ナージーとナージー・ジュニア、そしてジャファルが驚いて、「グワァー!」「ギニャアッ」と声をあげ、あちこちから笑いが起き、同時に拍手が鳴り響く。太陽の反射を受けて、水もキラキラと光り輝く。

そろそろ祝宴に進んでも？　とラーミーに苦笑されるまで、慧とハイダルは夢中になって、砂漠より熱いキスを交わした。


ハッピーエンド♪

あとがき

こんにちは。いまごろアラブ風&異世界転生小説にデビューの、綺月陣と申します。
異世界転生・アラブ・もふもふ・子供・攻めが受けを最初から溺愛・最後まで安心・ハーレムNG・ハード描写NG……この条件でプロットを立てるのは、かなり高いハードルでした。そもそも異世界に転生する理由って、現世で死んだから？　転生後は現世に戻れない？　そのルールも知らず、最初は「千と○尋の神隠し」みたいに、日常から異世界へ迷いこむプロットを提出してしまいました。あまりにも的外れで、担当様もびっくりされたことでしょう。すみません。ご心配おかけしました。

でも心の引きだしに手を突っこんで探しても、転生やアラブ行きのチケットは入っていません。だから今回は、ルールや世界観を学ぶところからのスタートでした。

正直、アラブも異世界転生も長いタイトルもカタカナ名も、食わず嫌いの時期が長かったのですが、長いタイトルは前回の「沼の竜宮城〜」で慣れました。そして今回、異世界転生とアラブを経験しました。「こんなんアラブちゃうわ」と怒らず、〜風ってことでお許しを。

ちなみに異世界キャラはファースト名のみ。実際の意味を重視しました。ハイダルは偉大なライオン、ラーミーは射手、ミシュアルは松明、アムジャドは最上、ジャファルは川、ナージーは災難から逃れた、足が速い……など。慧の苗字アサドも、獅子だそうです。

今回のイラストをご担当くださったのは、亜樹良のりかず先生！　絶賛ありがとうございます連発中！

そもそもハイダルのビジュアルは、亜樹良先生がTwitterにアップされていたアラブ男性がモデルです。あの一枚が今回の執筆を最後まで支えてくれました。心から御礼申し上げます。そして、のたうちまわる私に「アラブＢＬ小説の好きなポイント」を教えてくださった読者様……ありがとうございました。

執筆人生をリスタートするような気持ちで挑んだ、チャレンジの今作。おとぎ話のように優しい物語ですので、最後まで安心してお読みください。

こういう綺月もいいなと、もし思っていただけたなら、頑張った甲斐がありました。

また、お目にかかれますように

二〇二一年七月　　　　綺月陣　拝

本作品は書き下ろしです。

ラルーナ文庫

この本を読んでのご意見・ご感想・ファンレターなどお待ちしております。**〒111-0036 東京都台東区松が谷1－4－6－303 株式会社シーラボ「ラルーナ文庫編集部」**気付でお送りください。

獅子王《ししおう》は熱砂《ねっさ》の時空《じくう》で愛《あい》を吠《ほ》える

2021年10月7日　第1刷発行

著　　者｜綺月《きづき》 陣《じん》
装丁・DTP｜萩原 七唱
発 行 人｜曺 仁警
発 行 所｜株式会社 シーラボ
〒111-0036　東京都台東区松が谷 1-4-6-303
電話　03-5830-3474／FAX　03-5830-3574
http://lalunabunko.com
発 売 元｜株式会社 三交社（共同出版社・流通責任出版社）
〒110-0016　東京都台東区台東 4-20-9　大仙柴田ビル 2 階
電話　03-5826-4424／FAX　03-5826-4425
印刷・製本｜中央精版印刷株式会社

※本書の全部または一部を無断で複写することは著作権法上での例外を除き、禁じられています。
乱丁・落丁本は小社宛てにお送りください。送料小社負担にてお取替えいたします。
※定価はカバーに表示してあります。

© Jin Kizuki 2021, Printed in Japan　ISBN978-4-8155-3262-8

LaLuna

毎月20日発売! ラルーナ文庫 絶賛発売中!

沼の竜宮城で、海皇様がお待ちかね

綺月 陣 | イラスト：小山田あみ

引きずりこまれた沼の底には竜宮城が…。
そこに御座すは超美形で陽気な海皇神だった!?

定価：本体700円＋税

三交社

LaLuna

毎月20日発売！ ラルーナ文庫 絶賛発売中！

異世界転生して幸せのパン焼きました

淡路 水 ｜ イラスト：タカツキノボル

転生したら男ながらに子を産める身体に…!?
美丈夫の部族長に保護され暮らすことになり。

定価：本体700円＋税

三交社

毎月20日発売！ ラルーナ文庫 絶賛発売中！

仁義なき嫁　花氷編

高月紅葉 ｜ イラスト：高峰 顕

天敵・由紀子とその愛人、若頭補佐の仲を色仕掛けで裂く――
難儀な依頼に佐和紀は…。

定価：本体900円＋税

三交社

LaLuna

毎月20日発売！　ラルーナ文庫　絶賛発売中！

騎士と王太子の寵愛オメガ
～青い薔薇と運命の子～

滝沢 晴　イラスト：兼守美行

記憶を失ったオメガ青年のもとに隣国の騎士が…。
後宮から失踪した王太子の寵妃だと言うのだが。

定価：本体700円＋税

三交社

LaLuna

毎月20日発売！ ラルーナ文庫 絶賛発売中！

二百年の誓い
～皇帝は永遠の愛を捧げる～

宮本れん　イラスト：タカツキノボル

愛し合いながらも引き裂かれた皇帝と世話係。
二人は二百年の時を経て美術館で巡り会った…。

定価：本体700円＋税

三交社